걸걸한 보이스

걸걸한 보이스

2016년 10월 24일 1판 1쇄 찍음
2016년 10월 31일 1판 1쇄 펴냄

지은이 남상순
펴낸이 윤한룡
편집 김현, 박혜영, 최지인
디자인 이지윤
관리 영업 김선화, 김일영
펴낸곳 (주)실천문학
등록 10-1221호(1995.10.26)
주소 서울특별시 성북구 보문로 82-3 801호(보문동 4가, 통광빌딩)
전화 322-2161~5
팩스 322-2166
홈페이지 www.silcheon.com

ISBN 978-89-392-0758-5 03810

이 책은 한국출판문화산업진흥원 2016년 우수출판콘텐츠 제작 지원 사업 선정작입니다.

이 도서의 국립중앙도서관 출판시 도서목록(CIP)은 e-CIP홈페이지(http://www.nl.go.kr/ecip)와
국가자료공동목록시스템(http://www.nl.go.kr/kolisnet)에서 이용하실 수 있습니다.
(CIP제어번호:CIP2016024906)

걸걸한 보이스

남상순 지음

실천문학사

차례

수요일에 오시는 하느님 7

들어가기 51

그림 속에서 111

나가기 (ESC) 171

에필로그, 다시 시작하기 207

작가의 말 222

수요일에 오시는 하느님

수요일에 오시는 하느님

그날은 아침부터 기분이 좋지 않았다. 동갑내기 경수의 데이트 신청을 덥석 받아들였다가 만나기 한 시간 전쯤에 취소당했다. 번개 가족모임이 생겼고 엄마가 꼭 같이 가야 한다고 강요해서 어쩔 수 없이 참석하기로 했다는 것이었다. 그냥 얌전히 알았다고 하자니 왠지 모르게 억울하고 짜증이 나던 차였는데 메시지 안에 미안하다는 말이 없다는 것을 발견했다. 나는 즉시 톡을 열고 그런데라고 운을 뗀 뒤 안 미안하니?라고 물었다. 잠시 후에 사과는커녕 웬 시비?냐는 톡이 날아왔다.

얼씨구!

내 손은 자동적으로 이런 싸가지! 하고 글자를 쳤다. 물론 메시지를 보낼 마음은 없었다. 일종의 혼잣말 같은 거였다. 그런데 이게 웬일? 나도 모르게 손이 미끄러지면서 전송 버튼이 눌러지고 말았다. 생각할 틈도 없이 내 손가락은 다시 메시지를 쳤다.

아 실수. 실수로 잘못 누른 거야.

잠시 후에 전화가 걸려왔다. 교회에서 베프가 된 인애였다. 인애는 "아. 진짜!"라며 심각성을 환기시키더니 난데없이 내가 경수한테 보낸 메시지에 관해 떠들어대는 게 아닌가.

"경수 정말 바보 같지 않냐? 당연히 미안하다고 말했어야지. 경수가 잘못한 것 같아. 미안한 일을 만들었으면 미안하다고 솔직하게 말해야 하는 거거든. 나라면 아마 더 심한 욕을 해줬을 건데 너는 그래도……."

"무슨 말이야?"

나는 어안이 벙벙했다. 내가 데이트를 취소한 경수에게 사과를 요구한 게 그럴듯한지 아닌지, 혹은 데이트를 취소한 경수가 미안하다고 하는 게 옳은지 그른지는 중요한 게 아니었다. 중요한 건 정작 따로 있다는 느낌이었는데 이상하게도 나는 그걸 일목요연하게 정리해내기가 어려웠다. 뭐랄까, 일이 너무 복잡하게 꼬였다고나 할까. 그래서인지 내 귀에는 인애의 목소리가 삑삑거리는 소음, 혹은 이명처럼 들렸다. 나는 소리를 꽥 질렀다.

"야, 잠깐만!"

그러자 인애는 내가 그렇게 나올 줄 알기라도 한 것처럼 말도 안 되는 핑계를 대고는 부랴부랴 전화를 끊었다. 다시 통화를 시도했을 때 이런 메시지가 흘러나왔다. "지금은 운전 중이어서 전화를 받을 수 없으니 삐 소리가 나면 메시지를 남겨 주세요." 나는 약 10분 간 고장난 인형처럼 혼자서 난리를 치다가 경수한테 전화를 걸었다. 신호가 가는 순간 내 안에서 확실하게 실마리가 잡혔다. 내가 경수와 방금 주고받은 메시지를 인애가 디테일하게 꿰고 있는 것, 그게 문제의 핵심인 거라고 말이다. 그런데 경수는 내 말을 들어보지도 않고 대뜸 이렇게 말했다.

"나 이제 안 해. 인애한테도 안 한다고 말했으니까 그렇게 알아!"

"안 하다니, 뭘 안 해?"

"안 한다고."

"글쎄 뭘?"

"아, 그만 끊어……."

그러더니 놀랍게도 전화가 끊어졌다. 통화 버튼을 다시 눌렀을 때는 전화를 받지 않았다. 차단한 모양이었다.

하!

솔직히 그때까지만 해도 무슨 일이 일어난 건지 감조차 잡지 못했다. 그저 두 명의 교회 친구들이 일방적으로 자기 할 말만 하고 전화를 끊어버린 무례한 행동으로만 이해했다. 내가 뭘 크게 잘못해서라기보다는 그 애들의 성급한 성격이 문제라고 보았다.

내 머리가 돌아가기 시작한 건 가족들이 주고받는 말을 엿듣고 난 뒤였다. 아빠는 약속 장소를 잡고 이동할 교통수단을 마련하기 위해 작은아빠와 통화 중이었는데 그때 아빠 입에서 튀어나온 단어를 듣고 정신이 번쩍 들었다.

"오늘 모이는 사람이 모두 41명이니까 최소한 자동차 일고여덟 대를 동원해야 해. 그렇게 포항까지 가느니 미니버스를 렌트하자. 비용도 절약하고 가족끼리 오순도순 이야기도 나누고. 그래, 그래, 번개 가족모임에서 이 정도의 파워를 보이는 패밀리가 우리 말고 또 있음 나와 보라 그래."

아빠의 목소리는 자부심에 가득 차 있었다. 난 안 갈 건데 아빠는 물어보지도 않았다고 속으로만 생각했다. 대신 귀에 쏙 들어온 '번개 가족모임'이라는 단어를 입술로 발음해 보았다. 나는 약 1분 가량 그 단어를 사탕처럼 물고 혓바닥으로 요리조리 굴려보았다. 그 결과 '번개 가족모임'이라는 단어가 수상하다고 생각하게 되었다.

'번개 가족모임'은 단 몇 십 분 전에 내가 인애한테 건넨 정보였다. 저녁에 집에 몇 시까지 들어가야 하는 거냐고 물어서 모처럼 연휴를 맞아 집안에 번개 가족모임이 생겼으므로 부모님이 2박 3일간 부재중일 거라고 말했던 것이다. 그런데 경수는 데이트를 펑크내면서 자기 집 번개 가족모임을 이유로 들었다.

뭔가 안 좋은 냄새가 났다.

경수와 인애는 왠지 같이 있을 것 같다. 뿐만 아니라 두 사람이 하나의 리모컨을 동시에 작동시키고 있는 것 같다.

여전히 불통인 인애를 건너뛰고 수연이한테 전화를 걸었다. 요즘은 거의 나오지 않지만 수연이 역시 교회 친구였다. 나는 자초지종을 말한 다음 경수가 사용한 '번개 가족모임'이라는 이유가 매우 구리지 않느냐고 물었다. 우연이 아닌 것 같다고 했다.

"당연하지. 이 세상에 우연은 없는 거야."

수연이가 말했다.

"뭐 아는 거 있음 다 털어놔 봐."

"넌 정말 걸걸한 보이스에 대해 몰랐던 거니?"

"걸걸한 보이스? 처음 듣는데?"

"수요일에 오시는 하느님은 당연히 알겠지?"

"그건 우리 교회 중등부 동아리잖아."

"맞아."

"알지."

"사실은 그게 그거야."

"뭐라고?"

"수요일에 오시는 하느님이 걸걸한 보이스라고."

"수요일에 오시는 하느님이면 수요일에 오시는 하느님이지 헷갈리게 걸걸하다는 말은 왜 갖다 붙이냐? 수요일에는 하느님 목소리가 걸걸해지신다는 거야?"

수연이는 한숨을 폭 내쉬었다. 비관적인 목소리로 "내가 이런 멍충이하고 친구라니." 하고 중얼거리더니, 내가 험악한 목소리로 정색을 하자 바로 꼬리를 내리면서 목소리를 밝게 바꾸었다.

그 뒤로 알게 된 사실은 그야말로 놀라움 그 자체였다. 우리가 다니는 교회의 박정화 언니가 〈걸걸한 보이스〉를 비밀리에 만들었고 인애도 그 모임의 멤버라는 것이다. 〈걸걸한 보이스〉에서 하는 일은 여자애와 남자애를 인위적인 커플로 만들어 데이트를 성공시킨 후 첫사랑으로 키워내는 것이었다. 우리 교회에서 제일 잘생긴 오빠인 곽철민과 윤정희 언니는 실제로 그렇게 해서 사귀기 시작했고 현재 이상적인 커플로 발돋움 중이라나 뭐라나. 한 마디로 〈걸걸한 보이스〉는 첫사랑을 생산하는 공장이면서 연구소이고 실험용 배양관이다. 〈수요일에 오시는 하느님〉은 그것의 포장지였다.

"그럼 걸걸한 보이즈(걸girl한 boys)라고 해야지 왜 '걸걸한 보이스'라고 해서 사람 헷갈리게 만드냐?"

"걸걸한 보이스 애들이 자기들 모임을 그렇게 부르는데 우리가 나서서 걸걸한 보이즈라고 하면 좀 웃기잖아."

"헐. 그러네."

하여간 성경을 공부하고 토론하라고 물심양면의 지원을 아끼지 않았던 교회 입장에서 보면 배신자들이나 다름없다. 나나 수연이 같은 애가 그 모임의 멤버가 될 수 없는 이유는 오직 하나, 박정화 언니의 점지를 받지 못했기 때문이란다.

"어떤 애들이 박정화 언니의 점지를 받는 건데?"

"너하고 나는 무조건 안 돼."

"왜?"

"매력이 없잖아."

"웃기시네."

"그뿐이 아니야."

"뭐가 더 있어?"

"박정화 언니의 점지를 받으려면 100가지도 넘는 조건을 충족시켜야 하는데 우린 그 중에서 한두 개 빼고는 전부 탈락일걸."

"웃겨."

"안타까운 거지."

“그런데 그게 내가 경수랑 데이트하기로 한 거랑 무슨 상관이야?”

“걔네들끼리는 엄청 공부하고 토론한단다. 아름답고 멋진 첫사랑을 만들기 위해.”

“그래서?”

“잘은 모르지만 넌 그냥 토론을 위한 샘플용이었던 것 같아. 요리 강사가 생선 다듬는 법을 강의하기 위해 도마 위에 올려놓은 생선 같은 거 있잖아.”

“그래도 그렇지, 왜 하필이면 나야? 난 수요일에 오시는 하느님에 가입하지도 않았는데.”

“넌 상처받지 않는 체질이잖아.”

“무슨 소리야? 나 상처 잘 받아.”

“네가?”

“그래.”

“내가 아는 너는 남에게 상처는 줘도 받지는 않는데.”

“뭐얏!”

“게다가 넌 줏대도 없잖아.”

“무슨 소리야, 나 줏대 있다.”

“넌 네 자신을 표현하거나 의견을 말하기보다는 친구들이 하자는 대로만 하잖아.”

“안 그렇거든.”

"누가 봐도 너 대따 쉬워 보여. 거기다 상처도 잘 안 받으니까 실험용으로 딱인 거지."

그런 이야기를 듣고만 있었느냐고? 그럴 수는 없다. 나는 입고 있던 옷차림 그대로 집을 나서 교회로 달려갔다. 지금 경수와 인애가 함께 있다면 장소는 교회밖에 없다. 그 애들한테 나도 상처받는 인간이라는 것을 알리고 말겠다는 생각이었다. 세상에 상처받지 않는 사람이 어디 있단 말인가?

중등부가 사용하는 세미나실로 가기 위해 계단을 올라가다가 인애를 만났다. 나는 다짜고짜 욕부터 퍼부었다. 인애는 곧바로 몸을 돌리더니 나를 피해 도망가려고 했다. 나는 그 애의 팔뚝을 힘껏 잡으면서 소리쳤다.

"날 가지고 놀았니?"

"무슨 소리야?"

"번개 가족모임에 관해 어디 할 말 있음 해보시지?"

"네가 나한테 보낸 메시지를 경수가 옆에서 보고 맘대로 베낀 걸 날더러 어쩌라고?"

"그럼 내가 경수와 나눈 대화를 너는 어떻게 알았는데? 어디 입이 있으면 말해보시지?"

"야, 너희 둘이 싸워놓고 왜 나한테 난리야?"

"뭐? 너희 둘?"

나는 무엇보다 '너희 둘'이라는 말에 욱해서 인애의 팔을 잡은 채 엉덩이를 걷어찼다. 나한테 이런 수치심을 안기고도 네가 친구야? 나도 자존심이라는 게 있는 사람이란 말이야. 살벌하게 말하려고 했는데 내 목소리가 내 귀에는 불쌍하게 들렸다. 내가 멈칫하는 사이 인애는 "그 알량한 자존심 때문에 경수가 말하는 건 뭐든 째냐?"라고 하면서 몸을 뺐다. 나는 인애의 팔을 더욱 아프게 잡고는 몸을 흔들어댔다. 그 바람에 계단 난간에 부딪친 인애가 앓는 소리를 냈다. 나는 그 정도에서 손을 털고 자리를 떴다. 기승전결이 명료하게 정리가 된 건 아니지만 솔직히 더 알고 싶지도 않았다. 〈걸걸한 보이스〉라니, 차라리 돼지 멱이나 따시지.

집으로 돌아갔을 때 가족들이 모두 택시에 올라탄 채 나를 기다리고 있었다.

"아빠, 빨리 출발해."

뒷자리로 올라타면서 나도 모르게 외쳤다.

택시는 청담동에 있는 렌터카 회사 앞에다 우리를 내려놓았다. 거기서 41명의 대가족이 모두 만났고 정부종합청사라고 써 붙이면 딱 맞을 것 같은 색깔과 구조를 가진 미니버스를 배정받았다. 운전대는 보습학원 셔틀버스 운전기사인 아빠가 잡았다. 나는 인원을 세어보았다. 정말 41명이었다.

아, 짜증나!

미니버스 맨 뒷자리에 앉아 창문을 열고 바깥으로 침을 뱉었다. '알량한 자존심 때문에 경수가 말하는 건 뭐든 째냐?' 생각할수록 괘씸했다. 난 그 말이 뭘 의미하는지 알 것 같았다. 너 화장 하고 나올 거지? 경수가 그 따위 톡을 보냈을 때 나는 당연히 씹었다. 그 자식의 말도 안 되는 취향에 나를 맞추고 싶지 않았다. 아마 그것이 데이트를 취소 당한 진짜 이유일지도 모른다는 생각을 하자 머리 뚜껑이 열리는 것 같았다. 나는 차창 밖으로 또 침을 뱉었으나 화가 삭기는커녕 더 커지는 것 같았다. 그러다가 마침내 이렇게 화가 나는 이유를 찾았다. 인애나 경수 따위에게 받은 상처 때문에 기분이 더러운 게 아닌 것 같았다. 나를 샘플용으로 추천한 게 인애일지도 모른다는 배신감도 본질이 아니었다. 그 모든 나쁜 기분을 넘어서는 단 하나의 간절한 소망이 있었다.

거기에 끼고 싶다.

나도 〈걸걸한 보이스〉가 되고 싶었다. 무엇보다 첫사랑이라는 걸 해보고 싶다. 아름답고 진실한 첫사랑을. 사실 내 남자친구가 될 애는 누구든 땡잡는 게 아닐까. 내가 무지무지 잘해줄 거니까. 누나가 필요하면 누나가 되고 동생을 원하면 동생이 될 수도 있다. 남자친구가 생기면 맘 잡고 공부도 잘 할 수 있을 것 같다. 우리 반에만 해도 이미 세 번도 넘게 남친을 사귄 애가 있는데 난 이게 뭐란 말인가. 작년 여름에 그럴 뻔한 일이 한 번 있었던 게 고작일 뿐, 첫사랑은 고사하고 짝사랑도 못해봤다.

하지만 생각해보니 나라고 해서 언제까지나 불쌍하기만 하라는 법은 없을 것 같았다. 원하는 것을 해보지도 않았는데 징징거리기부터 하는 것은 내 취향이 아니다.

2시간쯤 지나 휴게소에 들렀을 때 슬금슬금 셋째 고모부 곁을 맴돌았다. 오뎅 먹고 싶다, 옥수수 먹고 싶다 하다가 속셈을 조금씩 꺼내놓았다.

"고모부, 연화여중에 다니는 박정화 언니 알죠?"

"어, 그래. 박 장로의 눈에 넣어도 안 아픈 딸이고, 우리 교회의 자랑이지. 이번 피아노 콩쿨에서 또 상을 탔다는구나."

"아, 그래요? 큰 대회였나요?"

"SS대학 배였으니까 큰 대회라고 할 수 있지."

박정화 언니의 피아노 실력이야 누구나 다 아는 것이었다. 성가대에서 피아노를 칠 때도 즉흥적으로 바뀌는 레퍼토리까지 깔끔하게 소화해내기로 유명했다. 남들이 친 악기에서 틀린 음을 잡아내는 데에도 귀신이었다. 쉬는 시간에는 클래식 같은 음악을 다른 장르로 변형해서 들려주었기 때문에 하느님을 믿지 않는 남학생들까지 꼬여들어 중등부는 인원이 넘칠 때가 많았다. 하지만 인간성은 의심이 간다.

솔직히 〈걸걸한 보이스〉까지는 좋다고 본다. 첫사랑을 빨리 해보고 싶은 열망이야 누구나 있는 거니까. 하지만 허락도 안 받고 다른 사람을 샘플로 만들어 도마 위에 올려놓고 자르고 썰고 다지고 하면서 못된 장난을 치다니. 사랑을 찍어내고 연구하고 배양한다는 게 도대체 가능하기나 한 소리인가. 그게 가능하다면 박정화 언니는 왜 여태 남자친구가 없는가. 아직까지 박정화 언니에게 첫사랑이 생겼다는 말은 들어보지 못했다. 박 장로님이 여간 깐깐한 사람이 아니라는 소문은 들었다. 박정화 언니가 무남독녀 외동이기에 더욱 그렇다고 한다.

사실 같은 교회에 다니는데도 나는 박정화 언니 근처에도 가본 적이 없었다. 다가갔다고 하더라도 그녀와 직접 대화를 나누기는 어려웠을 것이다. 언제나 키 큰 친구들에게 둘러싸여 그 모습이 가려져 있었으니까 말이다.

내 마음은 계속해서 말하고 있었다. 〈걸걸한 보이스〉가 되고 싶다.

그렇다면 어떻게?

박정화 언니의 점지를 받지 못한 사람이 그 동아리 안으로 들어갈 수 있는 확실한 방법이 생각났다. 힘 있는 사람을 이용하는 것이다. 셋째 고모부는 우리 교회 총괄집사가 아닌가. 모든 교회 예산은 고모부를 통해 집행된다. 목사님도 고모부의 눈치를 볼 때가 있는 것이다. 게다가 맞춤하게도 성격까지 고지식해서 반칙하는 사람은 절대 안 봐준다. 박정화 언니가 겉으로는 성경 공부를 하는 척 해놓고 실제로는 〈걸걸한 보이스〉라는 정체불명의 동아리를 운영하고 있다는 걸 교회에서 알면 어떻게 될까. 박 장로님 역시 거기에는 반대할 게 분명하다. 갑자기 용기가 충만해졌다.

"고모부!"

"어, 뭐가 더 먹고 싶은데?"

"먹는 건 됐고요."

그때 고모와 다른 어른들이 다가와 셋째 고모부를 데려가려고 하면서 내게 이렇게 말했다.

"어이, 핑크날라리. 고모부한테 또 무슨 짓을 하려고?"

내가 왜 핑크날라리냐고 악을 썼더니 어디선가 엄마가 나타나 내 등짝을 후려치고 지나갔다. 억울하다. 날라리 짓이라곤 한 번도 해본 적이 없음에도 불구하고 사람들은 왜 멀쩡한 이름을 두고 나를 그렇게 부르나. 나는 정신을 바짝 차리고 "잠깐만요."라고 타임을 걸고는 사람들이 뜸한 곳으로 고모부를 데려갔다.

“저 낙하산 태워주세요.”

“무슨 소리야?”

“낙하산 타고 싶어요.”

“여기 낙하산이 어디 있다고.”

“제 눈에 고모부는 훌륭한 낙하산이세요.”

내가 철이 든 이후로 고모부에게 그와 같이 낯간지러운 말을 건넨 적은 없었다. 내가 느끼기에도 닭살이 돋을 정도였다.

“낙하산 타고 가고 싶은 데라도 있니?”

“네.”

“어디?”

“박정화 언니가 회장인 동아리요. 저, 수요일에 오시는 하느님에 들어가고 싶어요.”

“수요일에 오시는 하느님? 넌 성경 공부에는 흥미가 없잖니?”

“방금 흥미가 생겼어요.”

“방금이라고 했냐?”

“네.”

“하느님께서 계시라도 주셨다는 거냐?”

“잘 설명하기는 어렵지만 비슷한 느낌이 왔어요.”

“느낌이라, 그 참 애매한 대답이구나.”

“수요일에 오시는 하느님에서는 영어를 번역해가면서 공부

하니까 하느님 말씀을 더 생생하게 접할 수 있을 뿐 아니라 영어 공부까지 겸하게 되잖아요. 그렇게 좋은 동아리에 왜 진작 들어가지 않았는지 후회가 돼요. 지금부터라도 열심히 하면 되겠죠? 늦지 않은 거겠죠?"

나는 두 손을 모으고 토끼 눈망울로 내 자신을 어필했다. 처음에는 얘가 뭘 뜯어내려고 이러나 경계하던 고모부 표정에 서서히 감동이라고 부를 만한 햇살이 스며들기 시작했다.

"그럼, 늦지 않았지. 와, 정말 훌륭한데. 우리 태순이가 그런 생각을 하고 있는 줄 정말 몰랐네. 당장 박정화하고 이야기해서 회원으로 가입하는 게 좋겠다. 내가 박 장로님한테 연락해서 전화번호 알아봐줄까?"

"듣자 하니 인원이 너무 많아 더 이상 회원을 안 받는대요."

"그래?"

"좋은 수가 없을까요?"

"음. 내가 한 번 알아보마."

고모부는 고개를 끄덕이고 손짓을 하면서 약속을 강조하더니 다른 가족들이 있는 곳으로 가려고 했다. 더 확실한 다짐이 필요했던 나는 고모부를 조금 더 붙들었다.

"저 그 팀에 꼭 들어가서 공부하고 싶어요. 제가 친구들을 관찰해보니까 신앙심이 두터운 아이들이 결국 공부도 잘하더라고요."

"그거야 당연하지. 하느님의 보살핌을 받는다는 건 그만큼 축복인 거야. 네 소원이 그렇다면 내가 정말 애써볼게."

"네. 그 대신 자연스럽게 해야 하는 거 아시죠? 티 나면 저 왕따 당해요."

"알았다."

그쯤에서 셋째 고모부를 놓아주고 편의점으로 들어가 음료수 하나를 사서 미니버스로 돌아왔다. 불안하고 미심쩍었다. 알기는 개뿔! 어른들과도 공감 능력이 부족한 고모부가 10대인데다 고상한 취향을 가진 박정화 언니의 심기를 건드리지 않고 어떻게 나를 그 안으로 집어넣는단 말인가. 게다가 원칙주의자인 고모부는 성격까지 급했다. 물론 급한 성격이 도움이 될 때가 있기는 하다.

포항에서 내려 저녁 전에 두 시간만 작업하자며 아이 어른 할 것 없이 작업장 안으로 들어갔는데 고모부가 나를 찾아왔다.

"태순아, 내가 정화하고 직접 통화를 했는데 처음에는 안 된다더니 자기가 일단 면접을 보겠단다."

"정말요?"

일이 이렇게 쉽게 풀리다니 믿어지지 않았다. 고모부가 더 이상 관여하지 않으려는 것도 마음에 들었다.

"내가 여기까지 다리 놔줬으니까 나머지는 네가 알아서 해라."

"네."

나는 신바람이 나서 어른 한 사람 몫의 일을 톡톡히 해냈다. 생뚱스럽게 무슨 일이냐고? 포항에 놀러 간 거 아니냐고? 불행히도 아니다.

포항에서 우리 식구를 맞이한 사람은 다섯째 고모네였다. 다섯째 고모네는 오징어를 가공하는 공장을 15년 넘게 운영해 왔으나 몇 년 전 부도 위기에 처했다. 막내딸이 빚쟁이가 되어 거리로 나앉는 것을 두고 볼 수 없었던 우리 할머니는 가족들을 끌어모아 십시일반으로 돈을 추렴해서 부도를 막았다. 내가 생각하기에도 대단한 할머니다. 하지만 이후에도 부도의 여파는 계속되었다. 공장이 어려워져서 자금이 막히면 온 친척을 동원해 내려와 일을 하는 것이다. 작업이 끝나면 자신이 일한 분량을 서울로 가져가 직접 판매에 나선다. 가까운 이웃, 교회 사람들, 계원들이나 동창, 부모님의 직장 동료들이 좋은 먹잇감이 된다. 이때 조미오징어를 맛있게 만드는 법도 유포된다. 고추장 양념을 만들어 끓여내는 것도 중요하지만 식은 양념을 무치기 전에 마요네즈를 미리 발라두는 게 비결이다. 학교에서 급식으로 딱딱한 오징어 반찬이 나올 때마다 비법을 말해주고 싶어 입이 근질거릴 때가 많다. 조미오징어가 이웃들에게 완판 되고 수금까지 이루어지면 나 같은 아이들한테도 약간의 배당금이 돌아온다. 그 맛에 나도 몇 번 와봤지만 자주 오지는 않는다.

내가 하는 일은 포장용지 안에 어른들이 잘 사려놓은 조미 오징어를 담아서 작업대 위로 올리는 일이다. 약 20시간 가량 그 짓을 하고 났더니 손가락 끝에 구린 오징어 냄새가 배었다. 일을 하면서 흠흠 냄새를 맡을 때마다 하는 생각이 있다.

'내 평생 조미오징어를 먹으면 김태순이 아니라 오징어 다리다.'

포항에 내려온 지 32시간이 흘렀을 때 할머니가 일이 다 끝났다고 알렸다. 점심을 먹고 서울로 돌아가기 위해 기분 좋게 버스에 올랐다. 곧 〈걸걸한 보이스〉가 될 거라고 상상하니 날아갈 것 같았다.

버스에서 인애한테 전화를 걸었다. 기분도 풀리고 설렘도 생기고 해서 그냥 한 번 걸어본 건데 의외로 전화를 받았다.

"운전은 다했냐?"

"무슨 소리야?"

"지금은 운전 중이어서 전화를 받을 수 없다며? 새벽 3시에 전화했을 때도 운전 중이라더니. 도대체 운전을 몇 시간이나 한 거냐?"

"그러게."

"그만한 시간이면 지구를 몇 바퀴는 돌았겠다."

"미안하다."

인애가 갑자기 꼬리를 내리는 바람에 잠시 침묵이 흘렀다. 내가 가만히 있었더니 한 번 더 반복했다.

"미안해. 내 사과를 받아줘."

어색한 기분을 떨쳐내려면 재치 있는 말이 필요하다. 나는 인애와 등을 지고 싶지는 않았다.

"설마 벌레 먹은 사과는 아니겠지?"

"당근. 질 좋은 부사야. 우리 할아버지가 직접 농사지은 풍기부사."

"그래, 네가 메이드 인 할아버지 사과를 선물하니까 받아줄게."

"고맙다."

"나도."

나는 고모부와 맺은 조약과 낙하산에 관해 거침없이 떠벌였다. 인애는 나를 응원한다는 입장을 밝혔다. 하지만 〈걸걸한 보이스〉에 관해 물었을 때에는 그게 뭐냐며 시치미를 뗴었다.

"웬 낙타가 바느질하는 소리?"

"야, 낙타가 뭐?"

"네가 헛소리를 하니까 그렇지."

"수요일에 오시는 하느님이 사실은 그렇고 그렇다고 소문이 파다하던데 아니라고?"

"아니거든."

"걸걸한 보이스는 듣도 보도 못했다고?"

"그렇거든."

아무리 윽박지르고 졸라도 인애는 〈걸걸한 보이스〉의 존재를 인정하지 않았다. 숨이 탁탁 막혀 가슴을 치다가 수연이가 말했던 '포장'이라는 단어를 떠올렸다. 어떤 물건을 포장지로 감쌌을 때 포장지가 중요한가, 내용물이 중요한가. 그것을 그냥 선물이라고 해야 하나, 아니면 그 내용물의 이름을 붙여야 할까. 박정화 언니가 입단속을 얼마나 철저히 했기에 이러나 싶었으나 그 벽을 넘기는 힘들었다. 인애는 끝끝내 〈걸걸한 보이스〉가 있음을 부인했다. 나는 비난과 흠모의 감정을 마구잡이로 퍼부어댔다. 한참 그러고 났더니 내가 진정으로 하고 싶어하는 것이 무엇인지 헷갈리기 시작했다. 인애도 같은 지적을 했다.

"너, 혹시 복수하려는 건 아니지?"

"아니야. 그럴 리가."

"잘못하다가는 큰코다친다. 수요일에 오시는 하느님에 들어오면 그 멤버답게 처신해야 해. 알았니?"

"알았어. 내게 남아 있을지도 모르는 일말의 복수심을 버리고 수요일에 오실 하느님에 대한 경건한 열망으로 멘탈을 집중시킬게. 걱정하지 마, 인애야."

그렇게 우리는 완벽히 화해했다. 하지만 전화를 끊고 났을 때 박정화 언니를 만날 일이 기쁘기보다는 걱정으로 남았다. 무엇보다 면접이라는 말이 걸렸다. 인애는 면접을 잘 볼 뾰족한 방법 같은 것은 없으니 운명에 맡기라고 했다. 내게는 면접에 떨어져도 곱게 받아들이라는 말로 들렸다. 난 절대 그럴 수 없다고 생각했으나 인애한테 말하지는 않았다.

어떡하지?

어디 문제집 같은 거라도 있어 연습문제라도 풀어볼 수 있다면 얼마나 좋을까. 〈첫사랑 길잡이〉 혹은 〈첫사랑에 성공하기 위한 11가지 가이드북〉 같은 거는 없나. 서점에 자기 계발서는 넘쳐나는데 왜 첫사랑 가이드북은 없는 것인지. 이렇게 대책도 없이 오직 부딪치기만 해야 하는 게 안타깝다. 운명을 믿지도 않는데 운명에 나를 맡겨야 해서 억울하다.

혼자 밤을 새워가면서 예상문제를 만들어봤지만 무엇 하나 속 시원히 정리하지 못한 채로 박정화 언니를 만나러 갔다. 처음에는 교회에서 보자고 하더니 내가 동아리방으로 들어가 앉자마자 장소를 변경한다는 문자를 보내왔다.

사거리에 있는 탐앤탐즈로.

안 그래도 후들거리며 동아리방으로 들어갔던 참이라 시간이 약간 지연되는 것에 대해 안도감이 느껴졌다. 물론 탐앤탐즈 근처에 이르자 불안감은 되살아났다. 우선 내 자신이 완벽히 떳떳하지는 않다는 점이 나를 위축시키는 것 같았다. 힘 있는 사람을 이용한다는 것은 어떤 이유에서든 욕먹을 만한 일이었다. 박정화 언니가 그걸 문제 삼는다면 한 방에 훅 갈 것 같다.

차라리 세게 나갈까.

그런 생각을 하면서 골목을 왔다갔다 시간을 끌고 있는데 다시 문자가 왔다.

안되겠다. 탐앤탐즈에 우리 학교 교감선생님이 떴대. 백악관 예식장 골목 안에 있는 램즈 카페 알지? 그리로 와줘. 쏘리하다!

이게 뭐지? 똥개 훈련인가? 그래놓고 쏘리하시다고? 짐작은 했지만 직접 당해보니까 속에서 용광로가 끓었다. 램즈 카페는 탐앤탐즈와는 완전히 반대편에 위치해 있었다. 걸어야 할 블록은 두 배로 늘어났고 횡단보도도 서너 개를 통과해야 한다. 가난한 집 딸이어서 택시 탈 형편은 못 된다. 결국 이리 뛰고 저리 뛰느라 다리품을 보통 팔아야 하는 게 아니었다. 〈걸걸한 보이스〉에 들어간다고 하더라도 앞날이 순탄치는 않을 것 같았다.

겨우 첫 번째 관문에서 좌절하랴.

나는 마음을 다잡으려고 마음속에 이런 문장을 떠올렸다. 호랑이를 잡으려면 호랑이 굴에 들어가야 한다. 그러자 다시 내가 복수를 하고 싶은지 첫사랑을 창조하고 싶은지 의문이 생겼다. 둘 다인 것 같기도 했다.

나는 카페로 들어갔다. 마치 개구멍을 이용해 학교 안에 들어가는 심정이었다. 박정화 언니는 쉽게 찾을 수 있었다. 긴 생머리에다 이목구비가 뚜렷하고 우윳빛 피부를 가진 빛나는 여학생이 거기 있었다. 뭐랄까, 멀리서 쳐다보기만 해도 그 카페 안으로 사랑과 믿음, 소망을 담은 평화의 물결이 마구 밀려들 것 같은 그런 느낌이랄까. 나는 어지럼증을 느끼며 박정화 언니 곁으로 다가갔다. 그런데!

헐!

기절하는 줄 알았다. 박정화 언니 혼자가 아니라 중3 네 명이 더 있었고 하나같이 불편한 심기를 표정으로 드러내고 있었다. 나의 탈락을 공식적으로 성사시키기 위해 모인 심사위원들 같다고나 할까. 한 마디로 기분 제기랄이었다.

나는 인사 대신 티가 날듯 말듯 고개를 숙였다.

"저……, 저는 2학년 김태순……."

야, 왜 더듬거리고 난리냐. 내가 나를 그렇게 혼내고 있을 때였다. 왜인지는 모르지만 찡그렸던 박정화 언니의 표정이 돌변하는 것을 보았다. 수명이 다해 땅으로 떨어진 목련 꽃잎이 시간을 역행해 원래의 우윳빛을 회복하는 모습을 직접 본 것 같다고나 할까.

"반가워. 집사님한테서 이야기 들었다. 성경 공부에 흥미가 많다고?"

"네."

"그런데 목에 감은 그건 뭐니?"

"이거요? 머플러인데요."

"머플러라는 것은 알겠어. 그런데 핑크색이구나."

"네, 저는 핑크가 잘 어울리는 편이어서요."

"그래?"

박정화 언니는 그런 것도 같다는 식으로 고개를 끄덕였고 옆에 앉은 다른 언니는 "눈빛은 작렬하는데 스카프가 핑크네." 하고 코러스를 넣었다. 나는 활짝 웃어보였다. 눈빛에서 카리스마 넘친다는 이야기는 이미 여러 차례 들은 바 있었다.

그 뒤 이런저런 사소한 질문이 있었다. 학교가 어딘지, 누구누구를 아는지, 학교 급식은 잘 나오는지와 같은 것들이었다. 내가 알고 있는 우리 학교 선배 중에서 박정화 언니도 아는 사람 이름이 나오자 대화가 한참 동안 같은 자리를 맴돌았다. 자기들끼리 이야기를 주고받기도 했다. 그러다가 깜짝 놀란 듯 나에게 앉으라고 자리를 권했고 유자차도 시켜주었다. 인애에 관해서는 일언반구도 없었다. 내가 유자차 마시는 걸 잠시 지켜보더니 명숙이라는 언니가 이렇게 물었다.

"넌 믿니?"

"뭘요?"

"하느님 말이야."

"아, 당연한 거 아닌가요?"

나는 영문을 몰라 찻잔을 내려놓고 눈을 끔뻑거렸다. 이것이 면접 내용일지도 모른다는 데 생각이 이르자 왠지 뒤통수를 얻어맞은 느낌이었다. 성경 공부는 포장이므로 그것보다는 〈걸걸한 보이스〉 멤버로서의 적절성을 따질 거라고 짐작했던 것이다. 외모라든가 성격, 하다못해 아버지의 학력(직업은 이미 알고 있으니까), 혹은 집안의 인맥 같은 것 말이다. 하지만 어떻게 보면 성경 공부에 관해 질문하는 것이 더 마땅하기는 했다. 나는 잠시 당연한 것 아니겠느냐고 생각했지만 다른 답이 존재할 가능성에 관해서도 잠시 더듬어 보았다. 그러나 내 초라한 교회 상식으로는 알기가 어려웠다.

그때 요란한 진동소리가 들렸다. 박정화 언니가 액정을 확인하더니 진지한 표정으로 전화기를 귀에 갖다 댔다.

"어, 엄마."

그러자 마치 약속이라도 한 것처럼 네 명의 언니들이 의자에다가 동시에 상체를 파묻었다. 뭔가 아주 빡친다는 표정들이었지만 박정화 언니의 통화가 좀 길었을 뿐 별다른 일은 일어나지 않았다. 약 11분 후에 통화를 끝낸 박정화 언니가 에스프레소 한 잔을 시켰는데 나는 왠지 그 모습이 멋있게 느껴졌다.

두 번째 질문은 꽤 당황스러웠다.

"영어 성경 번역은 어떻게 생각해?"

"네?"

'영어'는 약간 감을 잡았으나 '영어 성경'은 낯설었고 '영어 성경 번역'은 오리무중이었다. 오답은커녕 아예 대답할 가능성을 찾기가 어려운 유형의 문제였다. 다행인 것은 박정화 언니 패거리가 나를 시험에 들게 하기보다는 의견을 듣고 싶어하는 것 같다는 것이었다. 네 명의 언니 중에서 유일하게 말을 나눠 본 적이 있는 현정이 언니가 조금 더 쉽게 문제를 설명했다.

"예수님이 히브리어로 말씀을 남기셨잖아. 서양 사람들은 그것을 영어로 번역했고. 우리는 그것을 다시 한국어로 번역하면서 공부하고 있지. 이를테면 예수님 말씀은 여러 차례 번역을 거친 후에 우리에게 전달된 거야. 최초의 한국어 번역이 1800년대 언어로 쓰였다는 건 알고 있지?"

"네, 목사님이 그렇게 말씀하셨던 게 기억나는 것 같아요. 우리는 지금도 그때 번역된 성경으로 예수님 말씀을 접하고 있지만 일점일도 오류가 없다고 하셨잖아요."

"일점, 일?"

"네, 일점일요."

그러자 듣고 있던 박정화 언니가 날카롭게 눈을 빛내면서 "일점일이 무슨 뜻일까?" 하고 물었다. 목소리가 약간 긴장되어 있는 것 같았다. 아는 문제 같았으므로 나는 속으로 쾌재를 불렀고 어떤 알 수 없는 행운이 나를 감싸고 있는 것 같다는 느낌을 받았다. 일점일은 주워들었던 것을 즉흥적으로 기억해낸 것뿐이었는데 그것이 복을 불러오다니. 막혔던 통로가 열린 것 같았다. 강하고 눈부신 햇살이 나를 천국으로 인도하고 잡아끄는 그런 통로 말이다. 남은 것은 아는 문제 앞에서 흥분하지 않는 것이다. 나는 얼마든지 신중할 수 있었다.

"한국어로 번역된 성경이 일점일 프로도 오류가 없다, 그런 뜻 아닐까요?"

그렇게 운을 떼고는 스윽 표정들이 어떤지 살폈다. 다들 진지하게 듣고 있는 것 같았으므로 나는 자신감이 붙었다.

"그냥 일 프로도 오류가 없다고 하면 상투적으로 들리잖아요. 그보다는 일점일 프로도 오류가 없다고 하는 게 더 겸손하고 사실적으로 들리는 것 같습니다. 한 마디로 번역된 성경에 신뢰감이 생기는 거죠."

그러자 두 명이 번갈아 "풉!" 하다가 멈추었다. 나는 신경 쓰지 않았다. 신경 쓰고 싶지 않았다. 우리 반 애들도 내가 말하면 킥킥거릴 때가 있는데 이유는 그때마다 달랐다. 내 말투가 원인일 수도 있고 그날 발랐던 립스틱이 너무 진해서 그럴 수도 있었다. 머리 모양이 웃음을 유발한 적은 또 얼마나 많았는가.

그때 또 이런 질문이 들어왔다.

"그럼, 그냥 1.2%는 어때? 만약 1.6%나 1.7%였다면 어떤 느낌을 받았을 것 같니?"

나는 "1.6%나 1.7%는 좀 센 느낌인데요." 하고는 잠깐 호흡을 가다듬었다. 일점일이라는 수치에는 하자가 없다. 나는 그런 확신을 가지고 있었다. 설교 때마다 한두 번 들었던 게 아니기 때문이다. 그래서 이렇게 덧붙였다.

"아무래도 6이나 7이라는 숫자가 좀 무겁잖아요. 1.6%나 1.7%라고 하느니 그냥 2%라고 해버리는 것은 어떨까요?"

"어, 그것도 괜찮다. 좋은 방법 같은데."

현정이 언니가 받아주었다.

"어, 굿이야."

"나도 굿!"

언니들이 다투어 엄지를 치켜세웠다. 내 어깨에는 저절로 힘이 들어갔고 내친 김에 "저도 그렇게 생각해요."라고 기분 좋게 말할 참인데 다른 언니 하나가 폭소를 터트렸다. 아주 오래 참았던 것 같은 그런 웃음이었다. 그리고 그것이 신호가 되었다.

"대박이다!"

"아이고 머리야."

"얘 너무 귀엽다. 하하하하."

긴장감은 사라지고 숨넘어가게 웃는 소리만 들렸다. 내가 "뭐가 그렇게 웃기는데요?" 했더니 언니들 다섯 명이 동시에 외쳤다.

"너, 합격!"

"합격!"

그러고는 자기들끼리 킥킥거리다가 배꼽을 잡다가 했다. 좀 벌쭘해진 나는 "진짜요?"라고 물어볼 뻔 했으나 그러지 않았다. 문자를 확인한 박정화 언니가 두두두두 답을 치는가 싶더니 통화 버튼을 눌렀다. 다른 언니들은 약속이나 한 듯 조용히 기다렸다.

박정화 언니가 수화기에 대고 말했다.

"엄마, 내가 가서 전해줄게. 아니야, 뭐가 힘들어. 잠깐이면 되는데. 응, 오케이……."

그러더니 수요일에 보자는 말을 남기고는 먼저 카페를 나갔다. 명숙이 언니와 다른 언니들이 뒷담화 비슷한 대화를 나누었다.

"지금 안 가도 되는데 굳이 가는 거 봤냐?"

"어, 이건 절대 억압이 아니야. 자기가 알아서 기는 거라고."

"내 말이."

나는 언니들이 하는 말을 하나도 놓치지 않았으나 도무지 무슨 소린지 알 수가 없었다. 그렇다고 물어보는 것은 많이 이상할 것 같아 가만히 앉아서 가라고 하기만 기다렸다. 한참 이야기를 하다가 갑자기 내 얼굴로 시선을 집중한 언니들이 말했다.

"너 왜 안 가?"

"가도 돼요?"

"웬일!"

네 명의 언니들이 입술을 삐죽이면서 잔을 치켜들더니 괜히 서로 부딪쳤다. 그러고는 와하하하 웃어댔다.

부딪친 게 물잔이어서 웃었나.

카페를 나오는데 괜히 그런 게 궁금했다.

점심시간이었다. 도저히 안 되겠다 싶어 인애에게 톡을 넣었다.

인애야.

정확히 3분 10초 만에 1이라는 숫자가 사라지더니 답이 왔다.

왜?

너 혹시 나한테 숨기는 거 없니?

야, 일점일. 점심밥 잘못 먹었냐? 왜 또 난리?

그게 아니라…….

아니긴 뭐가 아닌데.

걸걸한 보이스 말인데, 도대체 그건 어디에 어떤 모습으로 존재하는 것이냐?

또 그 얘기냐. 너 사람 질리게 하는 데 있는 거 아니?

궁금해서 그래.

걸걸한 보이스도 없고 칼칼한 보이스도 없어. 그런 건 그냥 뜬소문이야. 우리 수요일에 오시는 하느님에 흠집을 내려는 자들이 퍼트린…….

난 진짜 궁금한데. 네가 진정한 내 친구라면 이제는 귀띔해줄 때가 되었다고 생각해.

그런 건 없다고 했잖아. 그보다는 자기 관리나 좀 하시지.

자기 관리라니?

지난 수요일에 교회 자판기 앞에서 우연히 들었던 건데……, 애들이 네가 수요일에 오시는 하느님에 낙하산으로 들어왔다고 말들이 많아.

헐.

사실이긴 하지만 억울했다. 그래도 면접을 봐서 당당히 통과된 것이기 때문이다. 그런 의견을 구구절절 늘어놓으려면 아무래도 직접 만나야겠으나 지금은 불가능했다. 나는 짧게 톡을 넣었다.

분하다 ㅠ

그러고 나서 이런저런 이모티콘을 보내놓고 기다렸다. 5분이 지나도 숫자가 사라지지 않았다. 인애가 데이터를 꺼버린 모양이었다. 뭐지? 내가 걱정되어서 말해준 게 아니라 비난할 생각이었나? 같은 학교라면 당장 교실로 달려가보겠지만 그것마저 불가능하니까 더 안달이 났다. 인애는 요즘 거리를 둔 채 나를 상대하는 게 분명하다. 하지만 무슨 거리이며 얼마만한 거리인지 내 이 뜨거운 머리로는 도저히 가늠하기 어렵다는 게 문제였다.

일점일만 해도 그렇다. 박정화 언니가 〈수요일에 오시는 하느님〉에서 마주칠 때마다 "어이, 일점일!"이라고 부르는 통에 내 별명이 일점일이 된 것까지는 그럴 수 있다. 그런데 일점일이 왜 웃음거리인지를 아무도 설명해주지 않는 거였다. 내 친구라면 인애 저만은 그러지 말아야 하는 게 아닐까. 인애가 다른 사람과 한통속이 되어 그 별명으로 나를 부르면서 뭔가 즐기는 듯한 태도를 취할 때 정말 많이 섭섭했다. 내가 느낀 것은 우정이 아니라 거리감이었다. 거기다 일관성도 없다.

인애와 나의 거리가 몇 cm인지 궁금하다. 부모와 자식들 간의 거리를 약 1cm라고 가정하면 친구와 친구의 거리는 3cm쯤이면 되지 않나. 그런데 요 영악한 인애는 그 정도를 번번이 바꾸면서 나를 쥐었다 놨다 하고 있다. 어떤 경우에는 이게 친구인가, 싶을 정도로 먼 거리까지 물러났다가 또 어떤 때는 간이라도 빼줄 것처럼 가까이 다가와 철썩 들러붙는다. 함정은 주로 거리가 가까울 때 나타난다. 나는 턱없이 방심한 채 할 말 못할 말 다하게 되고 그 할 말 못할 말 다한 것이 빌미가 되어 새로운 거리를 낳게 되는데 그러고 나면 영락없이 관계가 벌쭘해진다. 지금이 딱 그렇다. 우리 사이의 거리는 약 50m쯤 되는 것 같다. 어제 내가 〈수요일에 오시는 하느님〉 시간에 분통을 터트려서 사이가 더 벌어졌다.

괘씸한 것!

급식을 먹는데 밥맛이 다 떨어질 지경이었다. 내가 가입하고 싶었던 것은 〈걸걸한 보이스〉지 〈수요일에 오시는 하느님〉이 아니었다. 그런데 몇 주째 교회 동아리에 나가 성경 공부만 빡세게 하고 있다. 어떤 날은 단어 하나, 문장 하나를 가지고 한 시간 가까이 토론을 하고 논쟁을 벌인다. 나는 무슨 소린지 하나도 못 알아듣는데 두 시간 동안 영어 문장 다섯 줄을 가지고 이러니저러니 지루한 이야기를 늘어놓는 것이다. 내 입장에서는 벌 서는 기분이다. 돌아버릴 것 같다. 새파란 청춘인 우리가 대낮에도 형광등을 켜야만 앞이 보이는 곳에 모여 왜 자기 자신을 걱정해야 하며, 하느님은 또 왜 걱정해야 하는가. 〈걸걸한 보이스〉에 대해서는 왜 아무도 말하지 않는가. 이제는 그것이 정말 존재하는지라도 알았으면 좋겠다. 하다못해 쪽지나 메모 같은 것을 구경한 적도 없다.

물론 그 스트레스를 인애한테 푼 건 내 잘못이다. 하지만 인애 저라고 해서 별 수 있었을까. 〈걸걸한 보이스〉에 관해 한 마디만 해줬어도 내가 그랬을까.

인애의 톡을 확인했더니 숫자 1은 여전히 사라지지 않았다. 나한테 분명히 응원하겠다고 해놓고 이게 무슨 푸대접인지.

나는 도저히 밥을 끝까지 먹을 수 없을 것 같아 숟가락을 놓았다. 먼저 일어나기는 뭣해 친구가 다 먹기를 기다리며 앉아 있는데 7반 곽윤호가 식판을 들고 다가와 내 앞에 앉았다.

"안녕?"

"어."

너무 어색해서 몸을 살짝 틀고 돌아앉으려 했으나 불편하기는 마찬가지였다. 오늘 아침에 눈을 뜰 때만 해도 작년에 고백했다 차인 남자애 앞에서 먹다 남긴 음식을 가지고 대기하게 될 줄은 몰랐다. 알았더라면 아마 다시 눈을 감지 않았을까. 그뿐이 아니었다. 윤호는 교회 친구이고 〈수요일에 오시는 하느님〉의 멤버인 관계로 어제 교회에서 내가 경수 때문에 일으킨 난동에 가까운 폭발을 다 보았을 것이다. 경수에게 녹차가 담긴 종이컵을 집어던지는 바람에 몇몇에게 물방울이 튀어 몇 배로 욕을 먹었었는데 윤호도 그 피해자였는지 모른다. 〈수요일에 오시는 하느님〉에 윤호가 있을 줄 알았더라면 들어가야 할 지 말아야 할 지 망설였을 것이다. 나는 겨우 숨만 깔딱거리면서 옆자리의 친구가 빨리 밥을 다 먹기만을 기다렸다.

약 3분이 흘렀을 때 내 몸은 뚜껑이 열리기 일보 직전의 상태에 있었다. 결국 먼저 일어나려고 친구에게 은밀히 양해를 구하는데 윤호가 그 사이를 파고들었다.

"너 그거 남긴 거야?"

"뭐?"

윤호가 가리킨 것은 분명 내 식판이었다. 내 안에서 와락 경계심이 발동하였다.

"이리 줘."

윤호가 내 식판을 끌어당겼다.

"뭐 하려고?"

"내가 먹을게."

"미쳤냐?"

"어때, 버리는 것보다는 낫지."

그러면서 내가 남긴 음식을 자기 식판에 부으려고 했다. 나는 기겁을 하여 내 식판을 도로 빼앗았다.

"야, 됐어. 내가 다 먹을게."

할 수 없이 남은 밥과 반찬을 꾸역꾸역 입안으로 욱여넣었다. 옆에서 그 광경을 지켜보던 반 친구가 "그냥 갖다버리면 되지 너도 참 너다."라고 하면서 "한심해 미치겠다!"는 컬(curl)을 넣었다. 안 그래도 깍두기의 섬유질이 질겨서 목구멍 안으로 넘어가지 않아 애를 먹던 차였으므로 내 눈에서는 저절로 눈물이 나려고 했다.

그때 윤호가 건너편에서 "우리 집에서는 밥 남기면 세 끼를 금식해야 해."라고 말했다. 확실히 알아들은 나는 얼굴을 찡그렸다. 자기네 식탁 규칙을 왜 나한테까지 말하는 거지.

밥맛인지 된장 맛인지 분간이 안 갔지만 어쨌거나 식판을 비우는 데는 성공했다. 나는 거북하고 께름칙한 그 자리에서 잽싸게 몸을 일으켰다.

"나 먼저 간다."

빈 식판을 반납하기 위해 퇴식구 쪽으로 걸어가는데 윤호가 내 이름을 부르며 따라왔다. 나는 놀림 당하는 것 같아 성질부터 냈다.

"재미있냐?"

"무슨 소리야?"

윤호가 안경을 치켜 올렸다.

"학교에서 생전 아는 척도 안 하더니 오늘따라 왜 이러는지 내가 모를 줄 알고?"

"뭐래?"

"어제 경수 때문에 내가 난리 피우는 거 봤다고 너 지금 티 내는 거잖아. 재미있어?"

나는 퇴식구에 식판을 내려놓고 숟가락과 젓가락을 양은대야 안으로 거칠게 던졌다. 윤호가 내 앞으로 휴대폰을 내민 것은 그때였다. 가만히 봤더니 내 것이었다. 아, 이런!

"너 이거 놓고 가기에 전해주려고 한 건데, 웬 오버냐? 소문은 익히 들었다마는……."

"뭐?"

순간 표 나지 않게 살짝 비틀거렸다. 어제 교회에서 난동부린 것보다 더 수치스러운 망신이었다.

사실 경수한테는 그럴 만했다. 박정화 언니가 "학교 영어시간에는 선생님만 해석하니?"라고 질문하면서 일일이 "너희는 어때?" 하고 실상을 물었는데 나는 "우리 학교에서는 여기저기 중요한 부분만 해석해줘요."라고 대답했다. 그때 아무 상관도 없는 경수가 불쑥 끼어들었다.

"네가 수업시간에 깜빡깜빡 자는 건 아니고?"

"아니거든."

"아닌데 턱에 하얗게 침이 묻어 있냐?"

"아니라니까."

"그거, 그거 오늘 학교에서 흘린 침 자국 맞지?"

그러면서 내 턱을 가리키기에 그 길로 냅다 녹차가 담긴 종이컵을 던져버렸다. 경수도 지지 않으려고 해서 순식간에 몸싸움으로 번질 뻔했으나 오래 가지는 않았다. 옆에 있던 인애가 손으로 제 얼굴을 감싸 쥐기에 나는 "내가 네 친구라서 창피하다는 거냐?"라고 하면서 2차 소란을 피웠다. 박정화 언니는 "이것들 모조리 냉동시켜버려."라며 동아리방을 나간 이후 모임이 끝날 때까지 돌아오지 않았다. 다행히 지금껏 〈수요일에 오시는 하느님〉에서 제명하겠다는 문자 같은 것은 오지 않았지만 나는 초조하고 불안한 시간을 견디고 있었다. 인애한테서 내가 알아내려는 것 중에는 제명의 조짐도 포함되어 있다.

이런 것을 자격지심이라고 하는 걸까.

그 일 이후 〈수요일에 오시는 하느님〉의 멤버 중 처음 만난 게 윤호였다. 윤호가 내가 남긴 밥을 먹겠다며 오버하지만 않았어도 놀림 당하는 느낌은 들지 않았을 것이다. 사실 그건 말이 안 되는 소리였다. 우리 엄마도 내가 남긴 밥은 더럽다고 안 먹는다.

물론 모든 것이 윤호 탓이라는 이야기는 아니다. 그냥 요즘은 하는 일마다 꼬이는 것 같다. 괜히 억울하고 화가 난다.

그런데 소문이라니.

정신이 번쩍 든 나는 저만치 식당 문을 나서는 윤호를 따라잡았다.

"무슨 소문을 어떻게 들었는데?"

180cm쯤 되는 키가 걸음을 멈추고 나를 돌아보았다. 윤호는 픽 웃더니 "비밀인데." 했다. 그렇다고 쉽게 물러날 나도 아니었다.

"지금 나랑 해보자는 거야?"

누가 듣거나 말거나 소리를 질렀다.

"꼭 알고 싶어?"

"그래, 꼭 들어야겠어."

나는 싸늘하게 팔짱을 끼고 윤호 앞을 가로막았다.

"그럼 언제 만날래? 지금은 빨리 과학실로 가봐야 해서."

"내가 왜 널 따로 만나?"

정색을 하면서 윤호를 쳐다보았는데 뭐랄까, 좀 앙큼하게 웃고 있었다. 너, 작년에 나한테 편지 보냈었잖아. 그런 눈빛 같았다.

"나 시간 없는데……."

그렇게 말한 것은 윤호가 아니라 나이다. 으이구. 윤호는 보통이 넘었다. "그럼 언제 시간 나는데?"라고 물을 줄 알았는데 오산이었다.

“시간 없어도 보자.”

“뭐래.”

“문자로 보낼게.”

그래놓고 내 어깨를 기분 나쁘지 않을 정도로 밀치고는 계단 쪽으로 걸어갔다. 하지만 잠시 후 되돌아와 이렇게 말했다.

“어제 녹차 버라이어티 쇼는 대충 괜찮았어. 힘내라.”

쥐었다 놨다, 아주 나를 가지고 노시는구만.

하지만 나도 모르게 주춤했다. 뭔가 느낌이 왔다. 마치 생각이 사진으로 찍혀 순간 정지 당한 것 같은 그런……. 그 사진을 설명해보라고 한다면 나는 이렇게 말할는지 모른다.

방금 내가 들은 것은 〈걸걸한 보이스〉의 목소리는 아니었을까.

아니나 다를까. 집에 도착하기 전에 문자 하나를 받았다. 박정화 언니가 보낸 것이었다.

환영한다.

간결하면서도 묵직했다. 나는 환호하고 만다.

얏호!

들어가기

들어가기

저녁에 집으로 돌아왔을 때도 흥분 상태는 계속 되었다. 노트 하나를 만들고 제목부터 적었다.

〈첫사랑에 성공하기 위한 (　)가지 방법〉

몇 가지인지는 공란으로 비워두었다. 아직은 정확하지도 않고 그런 방법이 있는지조차 확신할 수 없기 때문이다. 나중에 방법이 확정되면 그때 가서 표기해도 된다고 보았다. 그러다가 〈첫사랑 일지〉라는 더 좋은 제목을 떠올렸다. 하지만 닭살

스러운 게 문제였다. 솔직히 윤호를 내 첫사랑 후보로 올리는 게 흔쾌하지는 않다. 윤호는 분명히 답했었다.

"난 너한테 아무 관심 없어. 사귀는 건 더더욱 못할 것 같아."

1년이 지났다고 그런 생각이 바뀔 수 있는 걸까. 상대가 나를 좋아하지 않는 것이 분명한데 그와 첫사랑을 시작한다는 게 말이 되나.

그러고 보니 이 문제를 상의할 적당한 친구가 있었다. 작년에 윤호한테 사귀자고 말한 것부터 퇴짜 맞기까지의 전 과정을 생중계로 알게 된 친구는 바로 수연이였다. 수연이야말로 〈걸걸한 보이스〉를 가지고 찧고 까불기에 안성맞춤이다.

"너 돌았냐?"

자초지종을 듣고 난 수연이는 그렇게 쏘아붙였다. 그런 식으로 여자 망신을 시키고 다니면 관계를 끊겠다는 협박도 서슴지 않았다. 미쳐도 곱게 미치라는 말은 어디선가 많이 들어본 소리였다. 너무 기분이 나빠서 전화를 끊겠다고 했더니 수연이는 이렇게 물었다.

"너 내가 반대해도 하고 싶은 대로 할 거지?"

"글쎄."

"그렇다면 나도 최후의 방법을 쓸 수밖에."

"네가 뭘 어쩔 건데?"

"걸걸한 보이스고 뭐고 간에 윤호랑 개인적으로 만나기만 하면 다 소문 낼 거다. 작년에 걔한테 차인 것부터 시작해 전부 다."

"야!"

"농담 아니야."

"걔가 작년에 싫다고 한 게 정말 싫어서인지, 아니면 그래서는 안 된다고 생각해서인지 모르는 거 아냐?"

"얼씨구."

"여자친구 사귀면 부모님이 용돈을 안 주겠다, 뭐 그랬을 수도 있는 것이고."

"얘가 어디서 알리바이를 꾸며?"

"사실일 수도 있잖아."

"사~실?"

"그래, 내가 지어낸 얘기다, 됐냐?"

"암튼 너 당당하게 처신하지 않으면 친구삭제할 거야. 알아서 해."

그러더니 정말 전화를 끊어버렸다. 수연이가 이렇게 세게 나오는 건 처음이라 매우 의기소침해져 있는데 놀랍게도 끊어졌던 전화가 다시 연결되었다. 수연이는 목소리를 착 가라앉혔다.

"김태순!"

"어."

"너한테 내가 소문보다 더 끔찍한 게 뭔지 알려주겠다."

"말해봐. 들어나 보게."

나는 간이 부은 사람처럼 호기를 부렸다.

"이건 걸걸한 보이스에서 상처받고 나온 친구가 은밀하게 전해준 거니까 비밀에 부쳐야 해. 비밀 지킬 수 있니?"

"당근. 너 나 못 믿어?"

"내가 널 왜 믿냐?"

"믿거나 말거나."

그러면서도 수연이는 비밀을 털어놓았다. "박정화 언니의 방법은 좀 과격해."라며 운을 뗀 것이다.

"박정화 언니가 선호하는 방법은 연애를 하기 위해서는 여자애가 남자애의 그림 속으로 들어가야 한다는 거야. 너 이게 무슨 말인지나 아니?"

"웬 참새가 마카롱 쪼아 먹는 소리?"

"이게 콱!"

"알았어. 계속해 봐."

"내가 말할 때는 듣기만 해."

"알았다니까."

옆에 있었으면 아마 크게 얻어맞았을 것이다. 그런 식의 내 말법은 사실 인애 흉내를 낸 것에 불과했다. 수연이는 한참 동안 남의 말을 듣는 태도에 대한 강의를 늘어놓았다. 사이사이에 넌 얼굴은 좀 되지만 그래서 안 되는 거야, 라는 말을 네 번이나 했다. 나는 산 넘고 바다 건너는 것처럼 힘들었지만 조신하게 참았다. 그 결과 수연이가 이야기를 계속 하기는 했는데 나한테는 여전히 어렵게 들렸다.

"너 그림 몰라? 사람마다 가슴에 간직하고 있는 마음의 그림이 있잖아. 상처 때문에 생기는 그것."

"상처 때문에 그런 게 생겨?"

"어휴."

"난 없는데."

"없다고?"

"넌 있어?"

"있지. 아니, 있겠지. 하지만 지금 주어는 내가 아니라 어떤 남자애야. 각각의 남자애들이 첫사랑을 시작하면서 여자애에 관해 품고 있는 마음속 그림에 관해 말하고 있는 거라고, 이 바보야."

"얘가 얻다 대고 바보래. 암튼 난 마음이 깨끗해. 그런 줄이나 알아."

"말을 말자."

수연이는 감탄사가 아니라 온갖 한탄사를 동원해가면서 신음소리를 냈다. 실컷 한탄을 하고 나더니 "그래, 차라리 바보인 게 낫지. 그렇고말고!" 하면서 감정기복을 드러냈다. 나는 왠지 모르게 그런 수연이가 안 되어서 이렇게 용기를 주었다.

"어떤 그림인지 좀 알아듣게 말해봐. 너 나 머리 나쁜 거 알잖아."

하지만 수연이는 알기 쉽게 설명하지 못했다. 설명은커녕 들으면 들을수록 더 헷갈리고 복잡하게 말하는 바람에 나는 흥미를 접었다. 바보는 바보여서 바보가 아니라 바보인 것을 선택해서 바보일 수도 있는 게 아닐까. 확실히 알아들은 게 하나 있기는 하다. 내가 노려보고 있는 유일하면서도 확고부동한 관심사인 그것.

"박정화 언니가 이끈다는 걸걸한 보이스는 왜 밖에서만 회자되고 안에서는 일언방구가 없는 거야. 난 정말 이해가 안 가."

"지금 일언방구라고 했냐?"

"그럼 일언방귀라고 해야 하냐?"

"너 정말 일언방구라고 알고 있는 거지? 아, 무식해, 무식해!"

그러더니 뚝, 하고 전화가 끊어졌다. 무례한 것 같으니라고!

뭔가 이상해서 사전을 검색했더니 일언방구가 아니라 일언반구인 모양이다. 일언반구나 일언방구나 서로 말만 통하면 되지. 하여간 잘난 척은.

블로그에 일언방구라고 적은 오타들을 살펴보면서 동병상련의 감정을 잠깐 느끼고 나자 내 마음은 다시 처음처럼 회복이 되었다. 나는 이렇게 외치는 내 자신의 목소리를 들었다.

"그런데!"

사실 이게 문제다. 그런데. 절망적인 상황인데도 절망하지 않고 "그런데", "그래도"를 외치고 있는 미친 현실이라니. 도대체 얼마나 넘어지고 얼마나 상처받아야 미친 노릇을 그만두게 되는 걸까. 정작 왜 윤호를 좋아했었는지조차 기억하지 못하면서 아직도 윤호라니, 윤호여서 좋다니.

매사에 오직 자존심 하나로 버티는 나인데 좋아하는 남자애 앞에서는 지나치게 비굴해지는 게 짜증난다. 더 나쁜 것은 불가능한 걸 알면서도 계속해서 그것에 도전하려고 한다는 것.

에이, 모르겠다. 될 대로 되라지.

〈첫사랑에 성공하기 위한 ( )가지 방법〉과 〈첫사랑 일지〉라는 제목 모두 부질없어질 즈음 갑자기 떠오른 게 〈첫사랑 제조법〉이었다. 〈걸걸한 보이스〉에 관해 처음 이야기 들었을 때와 느낌이 비슷했다.

나는 〈첫사랑 제조법〉을 최종 제목으로 결정했다.

다음은 소제목이었다. 〈첫사랑 제조법〉의 레시피라고 할 수 있을 것 같다. 나는 1이라는 번호를 매긴 다음 '첫사랑 바이러스'라고 붙였다. 바이러스 밑에 빨간 색연필로 '주의 ; 마스크를 착용할 것'이라고 적어 넣고는 혼자 킬킬거렸다. 한 번 긍정적으로 생각하자 모든 것이 긍정적으로 느껴졌다. 픽 웃던 윤호 얼굴은 뭐랄까, '너 참 재미있는 애구나.' 하는 표정이었는데 그 재미가 불쾌한 재미는 아닐 것 같았다. 나를 조롱거리로 보는 것 같지 않았다. 흥미로운 것을 보거나 들은 아이들이 주로 그런 색깔로 감정에 마감재를 입힌다는 것을 내가 순정만화를 통해 터득하지 못했더라면 윤호가 보낸 신호는 나에게 도착하지 않았거나 비켜갔을 것이다.

그랬다. 이전에는 실패했지만 지금은 다르다. 뭔가 신호가 왔고 나는 알아차렸다.

하느님께서는 인간과 인간, 그리고 그 사이에다가 사랑이라는 바이러스를 듬뿍 뿌려주셨다. 사랑 믿음 소망 중에 사랑이 으뜸이라 했으니 이 세상은 사랑 바이러스로 충만한 상태인 것이다. 사람이 사람에게 보내는 신호는 이 바이러스를 타고 전송된다. 그런데 바이러스가 마음들을 과녁으로 싣고 가지 못하고, 그리하여 마음이 목표물에 명중하지 못하면 어떻게 될까. 바이러스는 계속 증식하다가 변종을 일으키고 마침내 엉뚱한 곳에 가서 척 들러붙을 것이다. 그러므로 내게 온 신호를 내가 소중히 받아내는 것은 중요하다. 나의 마음, 나의 감각으로 말이다. 나는 신호를 놓치지 않았고 기쁨에 들떠 있다. 그러니 마스크가 필요하다. 들키지 않으려면 말이다. 나는 〈수요일에 오시는 하느님〉의 가면 쓴 멤버가 아닌가.

그때 불현듯 찾아든 궁금증!

윤호와 내가 〈수요일에 오시는 하느님〉이라는 배를 타고 〈걸걸한 보이스〉라는 지하 동굴로 들어가게 되었다는 것까지는 아름답게 받아들일 수 있겠는데 그건 도대체 누가 결정한 것일까. 박정화 언니나 그 패거리가 점지한 것인가, 아니면 다른 아이들의 추천?

일단 나는 아무런 선택도 하지 않았다. 그저 경수와 싸웠고 박정화 언니가 냉동시키라며 화를 내는 것을 보았다. 잘릴 가능성은 지금도 남아 있다고 봐야 한다.

그럼 윤호가 선택했나? 작년에 있었던 일이 참고가 되었을까. 박정화 언니는 나의 첫사랑 제조를 나와는 상의하지 않고 윤호와만 의논했던 것일까. 생각이 거기에 이르자 신바람은 다시 시들해졌다.

나는 〈첫사랑 제조법〉에다 이런저런 메모를 남겼다. 박정화 언니가 보낸 메시지도 노트에 기록한다.

환영한다.

문제는 그것을 아무리 들여다봐도 모르겠다는 것이다. 환영이란 누가 어느 곳으로 들어갔을 때 이미 거기 들어와 있던 사람들이 방가방가 하면서 인사를 건네는 말인데 내가 어딘가에 들어갔다는 것이 사실인지를 믿을 수가 없었다. '어느 곳' 혹은 '거기'라는 공간은 너무 막연하고 추상적이었다.

지난번 〈수요일에 오시는 하느님〉 모임 때 보았던 장면이 생각났다. 교회 마당으로 연예인 차처럼 선팅처리가 말끔하게 된 승용차가 들어섰는데 거기에서 연예인처럼 예쁜 박정화 언니가 내렸다. 박 장로님 차라고 이야기해준 것은 인애였다. 차에서 내린 박정화 언니가 으리으리하고 우아하며 완벽하기까지 한 모습으로 걸어 들어간 곳, 그곳은 분명 〈수요일에 오시는 하느님〉의 동아리방이었다. 그렇다면 박정화 언니는 언제 〈걸걸한 보이스〉로 들어가는 걸까. 그 안으로 들어갈 때는 어떤 옷차림이며 어떤 표정일까.

혹시나 하고 전화기를 확인했으나 윤호에게서 아무런 메시지도 오지 않았다.

기분이 꿀꿀하다. 누군가와 대화를 나누어야겠다. 방금 기분을 풀기 위해 수연이를 써먹었으니 이번에는 인애 차례였다. 사실 마음을 나누기에는 인애가 낫다. 수연이는 나를 너무 자주 야단친다. 어느 때에는 엄마가 자신을 야단쳤던 패턴을 그대로 나한테 적용하는 게 아닌가 싶을 때가 있다. 중2 때 한번은 내가 "지금 나를 상대로 엄마놀이하냐?"라고 해서 일주

일간 절교했던 적이 있다.

그런데 오늘은 인애도 조심스럽다. 왠지 개처럼 짖을 것 같은 불길한 느낌이 든다. 그래도 톡을 넣지 않고서는 견딜 수가 없다. 중독된 것처럼 말이다. 나는 방법을 살짝 바꾸었다.

인애야. 나 사랑니 뽑았어. 아파 죽겠다.

작년쯤인가 인애는 사랑니 하나를 뽑고 일주일간 결석했다. 얼굴이 노랗게 부어올라 이틀은 입원 치료를 받아야 했다. 그래서인지 사랑니라는 말만 나와도 상을 찡그린다. 예상대로 바로 답이 날아왔다.

진짜? 죽을 맛이겠다. 그거 엄청 아픈데 ㅠㅠ 몇 개 뽑았냐?

4개. 나 통화하고 싶은데 알이 떨어졌어. 네가 전화해 줄래?

3초 만에 전화가 걸려왔다. 누가 뭐래도 인애는 고마운 내 친구다.

인애가 화를 냈다.

"사랑니 4개를 한꺼번에 뺐다는 거냐? 돌았어? 잘못하면 너 죽어."

"안 그래도 지금 반죽음 상태야."

나는 일부러 신음소리를 잔뜩 섞었다.

"에그, 태순아. 어쩌냐."

그러더니 안 되겠다며 당장 우리 집으로 달려오겠다는 거였다. 나는 당황하여 "안 돼!"라고 정확히 발음하고 말았는데 불행인지 다행인지 먼저 전화를 끊어버린 인애가 그 소리를 들었을 것 같지는 않았다.

큰일났다.

집으로 달려온 인애한테 입을 벌리지 않고 목소리도 들키지 않을 자신이 있는가. 나는 안절부절못하다가 문자를 보냈다.

인애야, 안 와도 돼. 나 사실 지금 큰집이야. 오늘 또 번개 가족모임이 있단다 ㅠㅠ

답이 없었다. 문자로 보내 읽었는지 말았는지 확인이 불가능했다. 혹시 택시 같은 것을 타고 급하게 달려오는 건 아닐까.

하지만 그럴 가능성이 조금도 없다는 것을 곧 알게 되었다. 인애는 우리 집을 알지 못한다. 대충 어디 근처라는 이야기조차 나눈 적이 없었다. 인애한테 또 당한 것 같았다. 내 목소리를 통해 사랑니를 뺀 게 거짓말임을 눈치 채고 더 획기적인 거짓말로 나를 엿 먹인 것이다.

그런데 거짓말에서 거짓말로 연쇄되는데도 불구하고 어떤 경우에는 왜 모든 것이 처음 그대로인가. 온다던 인애는 오지 않고 나 역시 인애가 올 지도 모른다고 불안해하지 않는다. 할 수 없다. 박정화 언니한테 문자가 온 걸 빌미 삼아 모르는 척 찔러나 보는 거다. 나는 카톡으로 문자를 보냈다.

언니, 문자를 지금 봤어요. 근데 뭘 환영한다는 건가요? ㅋㅋ

예상과는 달리 실시간 채팅처럼 바로 답이 왔다.

다음 수업 초벌구이 너가 해온다며?

아, 그거요. 넵넵 ^^

실망감이 밀려오면서 힘이 쭉 빠졌다. 매주 두 사람씩 영어 성경 문장 10행을 초벌번역 해오기로 했는데 다음 주에는 내가 하기로 이미 몇 주 전에 정해져 있었다. 사실 번역을 제대로 해오는 사람은 거의 없고 또 정확히 번역하는 게 불가능하다는 것은 이미 모두가 파악한 상태였다. 같은 문장을 번역해오더라도 내용이 서로 달랐다. 10행은커녕 한 행에서 달랑 단어 몇 개 찾아와놓고는 "여기서부터 막혀 더 이상 나갈 수가 없었어요."라고 변명하는 경우가 대부분이었다. 나 역시 그럴 작정이었기에 별로 부담이 없었다. 화요일 저녁 잠깐 시간을 내서 시늉만 낼 참이었다. 그런데 그것 때문에 일부러 문자를 보냈단 말인가. 그런 생각을 하면서 고개를 갸웃거리고 있는데 박정화 언니의 문자 한 통이 더 날아왔다.

성경 공부는 할 만하니?

어려워요 ㅠ

아직 초기라서 그래. 차츰 좋아질 거다.

네 ^^

영어 성경 번역에 관해 뭐 더 궁금한 건 없니?

거기서 나는 잠깐 시간을 끌었다. 박정화 언니가 보낸 마지막 문자를 오래 들여다보았다. 나는 영어 성경은커녕 한국어 성경에 관해서조차 아는 것이 없었다. 솔직히 이야기하면 알지 못해도 큰 상관이 없고 딱히 알고 싶은 내용도 없었다. 이상한 건 그런데도 뭔가 물어보고 싶다는 것이다. 박정화 언니와 오래오래 이야기를 나누고 싶었다. 무슨 주제든 상관없었다. 첫사랑을 주관하고 관리하고 진행시키고 키우고 때로는 과감히 파괴하기조차 하는 이, 내게는 박정화 언니라는 사람이 흥미로웠다.

알 수 없는 일이 일어난 것은 그때부터였다. 둑이 터진 듯 내게서 말문이 열린 것이다. 나는 묻지도 않은 말을 글자로 치기 시작했는데 이상한 건 머리나 마음이 움직여 하는 게 아니라 그냥 손가락이 자기 멋대로 저지르는 일 같았다. 교회에서 방언이 터진 것과 흡사했다. 아니, 방언이 터졌다고 나는 생각했다. 하지만 이상하지 않은가. 그동안 손가락으로 방언했다는 이야기는 들어본 적이 없으니 말이다.

내가 윤호와 학교 식당에서 만나 나눈 이야기며 만나기로 약속한 것, 그 사이사이 내가 느낀 감정의 편린들이 바이러스처럼 계통 없이 살포되는 동안 박정화 언니는 어떤 답장도 보내지 않았다. 그럼에도 박정화 언니가 내 문자를 빠짐없이 차곡차곡 챙겨 읽고 있다는 것을 나는 알 수 있었다.

밤에 막 잠이 들려고 하는데 문자 오는 소리가 들렸다. 열어 봤더니 윤호였다. 내일 오후에 보자는 내용이었는데 장소가 교회였다. 만약 동아리방이었다면 고개를 끄덕였을지도 모른다. 드디어 〈걸걸한 보이스〉 활동이 본격적으로 진행되나 보다 했을 테니까. 그런데 방송실에서 보자고 했다. 윤호는 점심시간이면서 제4부인 마지막 일요일 예배가 시작되기 전에 약 한 시간 가량 교회방송을 진행하고 있었다. 성경도 읽어주고 클래식음악이나 찬송가도 내보내고 사람을 찾기도 하며 교회 여기저기에서 분실한 물건, 습득된 물품을 불러주기도 한다. 그렇게 정신없고 번잡한 장소에서 나를 보자는 거였다.

이게 뭐지?

하지만 속단하기에는 이르다.

교회 방송실로 갔을 때 윤호는 공지사항을 방송 중이었다. 다음 주 일요일은 이번 달 재활용품을 마감하는 날이니 헌옷이나 폐지 같은 것을 가져오실 분은 1층 로비 지정된 장소에 갖다 놓으라는 것이었다. 아이들 장난감은 이번에 가져오지 말고 따로 공지할 때까지 기다리라고 했다. 심지어는 우리 집

번개 가족모임에서 만든 조미오징어도 광고처럼 들어갔는데 윤호가 아는지 모르는지 모르지만 나는 그게 우리 집과 상관있다는 말을 절대 하지 않았다. 윤호가 물어봐도 시치미를 뗄 작정이었다.

반쯤 열린 방송실 문을 통해 시디를 걸고 있는 윤호와 눈인사를 나누고 밖에서 서성거렸다. 스피커에서 잔잔하고 듣기 좋은 여자 가수의 목소리가 흘러나왔을 때 윤호가 밖으로 나왔다.

"누구야?"

"다이도. 제목은 더 데이 비포 더 데이."

"아!"

윤호가 뒷정리하는 틈을 타 재빨리 휴대폰 검색에 들어갔다. 〈더 데이 비포 더 데이〉를 치고 가사 번역을 눌렀다. 번역된 가사를 찾을 수 없었다. 음악을 들으니 이러이러한 느낌이 들어, 라며 아는 척 하려던 시도가 수포로 돌아갔다. 그러는 사이 〈더 데이 비포 더 데이〉는 끝나고 윤호가 마지막 멘트를 날렸다.

"마지막 곡 어떠셨나요? 저는 많이 차분해졌는데 여러분들도 그러시리라고 믿습니다. 이제 마지막 4부 예배가 시작됩니다. 아직도 예배 드리지 못하신 분들은 서두르십시오."

윤호는 마이크를 끄고 나더니 옆자리에서 의자 하나를 내어

주었다.

“어이, 일점일, 이리 들어와서 잠깐 앉아.”

“너 오늘 예배 봤어? 난 아직 안 봤는데.”

“이거만 마시고 같이 가자.”

그러면서 커다란 귤 두 개와 커피를 가져왔다.

“내 이름은 김태순이야. 일점일이라고 하지 마.”

“기분 나쁘냐?”

“기분 나빠야 하는 거야?”

“아니.”

나는 천천히 커피 한 모금을 마셨다. 윤호가 그런 나를 힐끗 보고 있다는 것을 알 수 있었다.

“그런데 김태순!”

“왜?”

“너 정말로 일점일획을 일점일이라고 했어?”

조용한 장소인데다 가까이 앉아 있었기 때문일까. 나는 확실히 알아듣고 말았다. 일점일이 아니라 일점일획이라는 것을 말이다. 생각 같아서는 윤호 머리통을 한 대 치고 싶은데 차마 그럴 수 없어 째려만 보았다. 그러면서도 일점일과 일점일획의 차이가 분명하게 정리되지 않는다는 게 문제라는 생각을 했다. 사실 일점일과 일점일획은 글자 하나가 더 있고 없다는 차이밖에 없었다. 하지만 글자 하나 때문에 뜻이 달라지고 변하는 것이 얼마나 많은가. 사람과 사람, 물건과 물건은 글자 하나로 그 이름과 용도가 판가름 난다. 지옥이 되었다가 천국이 되었다가 한다.

"계세요?"

인기척이 들리더니 누군가 밖에서 안을 들여다보았다. 열린 문을 통해 내다봤을 때 손에 구두를 든 남자가 서 있었다. 세수를 잘 안 하는 사람인지 얼굴 군데군데 검고 푸른 얼룩이 버짐처럼 도드라져 있었다.

"이거 굽 수선 끝났는데 찾으러 안 와서요."

윤호는 얼결에 구두를 받아들었으나 곧 다시 돌려주었다. 힐 높이가 있는 여학생 단화였고 남빛 가죽에는 고급스럽게도 펄이 들어가 있었다.

"여기서 맡긴 거 아닌데요. 여긴 이걸 신을 만한 사람이 없어요."

윤호가 정중히 말했으나 구두닦이 남자는 물러서지 않았다. 분명히 여기서 구두 수선을 맡겼다는 거였다.

"착각한 거 아닌가요? 여긴 저 혼자 관리하는데 보시다시피 저는 여자가 아니잖아요?"

그랬더니 남자가 불쑥 구두를 내 앞으로 들이밀었다.

"학생이 맡긴 거 아닌가요?"

"아, 아니에요. 저는 운동화만 신어요."

나는 양손을 휘둘러가며 부인했다. 사실이었다. 요즘 어떤 정신 나간 여학생이 구두를 신는단 말인가. 구두닦이 남자는 나를 쳐다보았고 나는 자리를 이동해가면서 직사광선 같은 그의 시선을 피했다.

구두닦이가 억울해하면서 말했다.

“일주일 쯤 전인가. 제가 여기서 이 구두를 직접 받아갔다니까요. 젊은 아가씨였어요. 밑창도 넣고 굽도 갈아달라고 하면서.”

“저는 아니에요.”

구두닦이가 나한테서 시선을 완전히 거둔 것 같지 않았기에 나는 한 번 더 강조했고 윤호도 “여긴 아니에요. 그건 확실해요.”를 반복하며 구두닦이 남자를 밖으로 밀어냈다. 그때 윤호 휴대폰으로 카톡이 들어왔고 내 눈은 그것을 훑었다. 박정화라는 이름과 함께 낙하산 소녀는 왔고?라는 글자가 보였다. 나는 내 눈이 타버리는 줄 알았다. 시치미를 떼기 위해 내 휴대폰으로 일점일획에 대한 검색을 계속했고 블로그에 올라와 있는 글들을 훑으면서 내가 저지른 사건의 내막을 파악하였다. 하느님 말씀은 일점일획도 무오하다. 즉 성경은 완전한 진리라는 뜻이었다. 오늘날까지 여러 차례의 번역을 거쳤다고 치더라도 한 점 오류도 없다는 것이다. 그런데 나는 하느님 말씀은 일점일 프로도 오류가 없다고 받아들였던 것이다. 그건 얼마만큼 큰 잘못인 걸까. 셈을 하는 과정은 달라도 추론한 결과가 비슷하다면 아무 문제가 없는 것일까.

구두닦이가 불만스러워 하며 돌아서자 윤호는 방송실 문을 닫았다. 공간이 좁아서 그런지 어딘지 모르게 답답한 느낌이었다. 말이 방송실이지 사실은 우리 집 화장실만 했다. 방송 장비랄 것도 없었다. 휴대폰으로 골라놓은 음악을 블루투스로 교회 곳곳에 설치한 스피커와 연결시키는 것이 전부였다. 나는 남자애와 단둘이 그런 곳에 갇히고 만 셈이다.

나는 이물질이라도 발견한 것처럼 커피가 든 종이컵을 들고 그 안을 오랫동안 들여다보았다. 방송실에서 지금 당장 나가려면 지금 당장 나갈 수밖에 없는 이유가 필요할 것이다. 그 이유를 찾을 수 없었기에 나는 아무 의미도 없는 화제를 계속 붙들었다.

"방송을 하지 그랬어. 구두 수선 맡긴 사람은 찾으러 오라고."

"예배 시작했을 시간이야. 방송은 안 되지."

"그렇구나."

우리는 약속이라도 한 것처럼 커피를 호로록 마셨다. 그러고 나서 큰 숨을 한 번 내뱉었더니 방송실 안이 꽉 찬 느낌이었다. 약간의 침묵을 참아낸 후 윤호는 카톡을 확인했고 내 얼굴을 잠깐 스캔하더니 답을 보냈다. 그러고는 "참, 일점일획에 관해 말하던 중이었지." 하면서 능청을 떨었다.

"내가 아는 어떤 사람은 일점일획을 오랫동안 일점이랙인 줄 알고 있었대. 이랙이 영어권에서 사용하는 무게나 어떤 부피의 단위라고 생각했던 거지. 물론 초등학생 때였다지만."

"누가?"

"어, 있어."

순간 윤호와 내 눈이 마주쳤다. 기분이 좀 묘했다. 혹시 박정화 언니일까. 아니면 역시 박정화 언니라고 해야 하나. 나는 내비게이션을 재설정하는 기분으로 질문의 경로를 바꾸었다.

"내가 일점일이라고 했다는 건 누구한테 들은 얘긴데?"

"박정화 누님."

"언제?"

"수요일에 오시는 하느님에 너 새로 들어온다고 이야기하던 날."

"아, 그렇구나. 그런데 너 박정화 언니랑 친해?"

"당근. 동아리 회장 누나잖아."

"아니, 개인적으로 친하냐고."

"개인적으로? 글쎄 그렇다고 해야 하나 아니라고 해야 하나."

"따로 연락을 하기도 해?"

"응. 동아리 활동에 대한 공적인 상의를 개인적으로 진행할 때가 많지."

"아, 그렇구나."

"그런데 그건 왜 물어?"

"그냥. 그 언니 너무 멋있지 않냐?"

"진정한 여신이지."

"내 눈에는 여왕으로 보여. 네 명의 호위 무사 같은 시녀들을 데리고 다니는."

"그래?"

"그런데 여신과 여왕 중에서 뭐가 더 높을 것 같니?"

"여신? 아마도."

"신보다 높은 여왕도 있지 않을까?"

"그건 좀 아니지 않아? 여왕도 신의 명령을 따라야지."

"그런가."

"너 혹시 박정화 누님 안티냐?"

"헐, 미쳤냐?"

나는 최선을 다해 고개를 가로저었고 우리 사이의 긴장은 꽤 풀어졌다. 그런 이야기를 하는 윤호 표정이 덤덤하게 가라앉아 있는 것도 도움이 되었다.

윤호가 말했다.

"신기하지?"

"뭐가?"

"모두 진지하고 경건한 자세로 하느님 말씀에 귀를 기울이는데 실제로는 그 말씀을 저마다 다 다르게 해석하고 받아들이고 있으니 말이야."

"그게 신기한 거야? 다 그렇지 않니?"

"맞아, 사실은 다 그렇지. 각본이 있어도 그것을 받아들이는 방법은 다 달라."

"만약 하느님 말씀을 똑같이 해석하는 사람이 있다면 나는 그게 더 이상하고 신기할 것 같아."

윤호는 고개를 끄덕이면서 나를 쳐다보았다. 뭐랄까. 그 눈빛이 좀 강하다고 느꼈을 즈음이었다.

"목사님들도 그럴 것 같니?"

"뭐가?"

"우리가 아는 교회의 목사님들이 하느님 말씀을 저마다 다르게 받아들이고 해석해서 신도인 우리들에게 전해줄 것 같냐고."

"음…….어쩌면?"

"그렇다는 거야 아니라는 거야?"

"목사님들마다 생긴 게 다르잖아. 눈도 다르고 입도 다르고 손도 다르고 혓바닥도 달라. 또 좋아하는 커피도 다르고 정치관도 다르고…….알고 보면 여자에 대한 취향도 다르지 않을까? 너무 이상한 소린가?"

"아니."

간이 부었다는 건 무식하다는 뜻과 통하는 것일 수도 있다. 나는 아무렇게나 이야기한 거였다. 내가 교회니 말씀이니 하는 것에 관해 도대체 뭘 알겠는가. 그러다가 더 확실한 것 하나를 떠올렸다.

"아, 목소리도 달라."

"목소리?"

"응, 목소리는 굉장히 중요해. 같은 톤으로 이야기해도 타고난 목소리가 다르면 뜻도 다르게 들리잖아. 안 그래?"

"그렇지."

그러더니 윤호는 "졌다."고 말했다. 이겼다는 기분에 빠질 수가 없었던 나는 "이병헌과 강동원을 봐. 배우 중에서 이병헌과 강동원 목소리가 참 듣기 좋은 것 같아. 그 배우들이 성공한 건 얼굴이나 연기력이 아니라 목소리 때문일 거야."라고 하면서 좀 더 멀리 달아났다. 사실 그건 우리 아빠가 자주 하는 말이었다.

수업시간에 글쓰기 지도를 하던 국어선생님은 초점을 흐리게 하는 가장 좋은 방법은 흙탕물을 일으키는 거라고 말씀하신 바 있었다. 나는 가급적이면 그 가르침을 따르려고 애썼다. 그리고 이병헌과 강동원으로 거의 성공한 셈이었다. 내가 이만하면 일점일획으로부터 꽤 멀어졌다고 여겼을 때였다.

"이건 웹툰에 나온 어떤 여고생 이야긴데……."

그러면서 윤호가 들려준 내용은 이랬다. H고등학교에 다니는 여고생 추는 뚱뚱하다는 이유로 사귀던 남친에게 차인 후 다이어트를 시작했다. 한 공기 먹던 밥을 팔부만 먹고 칠부만 먹고 하다가 어느새 반공기만 먹게 되었다. 하지만 아버지가 함께 하는 식탁에서는 그걸 실행할 수 없었다. 밥 남기는 것은 죄악이라고 믿는 아버지였다. 엄마와 의논하여 아버지와 같이 밥을 먹을 때는 반공기만 펐다. 그런데 아버지가 그걸 보고 밥을 반만 먹으면 공부도 결국 남들 반밖에 하지 못한다며 한 공기를 다 먹으라고 했다. 그때부터 갈등이 시작되었다. 밥을 반공기만 먹으려는 딸과 한 공기를 다 먹이려는 아버지의 힘겨운 힘겨루기였다. 어느 날 그 딸은 아버지 눈을 피해 남동생에게 남은 밥을 덜어주었으나 남동생이 눈치 없이 이르는 바람에 들키고 말았다. 아버지는 숟가락을 내팽개치면서 몹시 화를 냈고 딸은 밥을 먹다 말고 자기 방으로 숨어버렸다. 그런데 아버지가 딸 방까지 따라 들어가 야단을 치면서 사건이 커졌다. 딸은 울면서 집 밖으로 뛰어나갔고, 잠시 후에 믿을 수 없는 교통사고로 죽어버렸다. 이야기가 거기까지 진행되었을 때 나는 나답게 또 끼어들고 말았다.

"비인기 웹툰이었겠구나."

"왜 그렇게 생각해?"

"그럴듯하지가 않잖아. 우선 아버지를 속이거나 핑계 댈 수 있는 말은 무진장 많았을 것 같아. 그걸 찾아내지 못해 갈등을 겪는다는 게 난 이해가 안 가. 그리고 그 집은 무슨 8차선 고속도로 바로 옆에 있었냐? 집에서 뛰어나가자마자 길 한복판이었던 거야?"

내가 짜증을 냈더니 윤호가 그런 나를 물끄러미 쳐다보고는 다른 것을 물었다.

"아버지한테 이른 남동생은 어떻게 생각해?"

"눈치가 좀 없었네."

"사람이 죽었는데 겨우 그것뿐이야?"

"글쎄, 웹툰에 나온 이야기라며? 그런가 보다 하면 되는 거지, 심각할 필요는 없는 거잖아. 그리고 동생이 누나에게 피해를 입히려고 일부러 이른 것도 아닐 거잖아."

그러자 윤호 표정은 더욱 이상해졌다. 설명하기는 어렵지만 뭐랄까, 당혹감 같은 감정을 털리고 난 뒤에 오는 공허감 같달까. 수연이가 번번이 나에게 했던 잔소리를 떠올리지 않을 수 없었다. 내가 남의 말 듣는 태도가 그렇게 나쁜가. 반성을 하기 위해 윤호 눈치를 보면서 "웹툰이 재미만 있으면 되지 뭐."라고 말했는데 그게 또 엉뚱하고 빗나간 액막이가 된 꼴이었다. 윤호는 "사실은 웹툰이 아니라 내 친구네한테 정말 일어난 일인데…….''라고 하더니 잠시 후에는 "알고 보면 일점일도 진리라는 이야기를 하려던 건데 어쩌다 이야기가 거기까지 갔지?"라고 말했다. 또 일점일인가 싶어 힘이 쭉 빠졌다.

"짜증나."

나의 인내심은 종착역에 도달했다. 사실 내 성격에 꽤 견뎠다. 이게 혹시 데이트일까 봐, 이게 만약 데이트면 어쩌지 하는 생각으로 판단을 미루었던 것이다. 난리를 피우며 자리를 박차고 나갔는데 나중에서야 거기가 〈걸걸한 보이스〉인 걸 알게 된다면 얼마나 억울하겠는가. 더구나 다시는 돌아올 수 없게 되어버린다면 첫사랑에 대한 내 꿈은 그냥 날아가버리는 거다. 첫사랑이라는 경험도 추억도 없이 스무 살이 되기는 싫다는 생각 때문에 참았지만 이젠 다 끝이다. 세상에 무슨 이 따위 데이트가 있단 말인가.

"나, 갈 거야."

〈수요일에 오시는 하느님〉은 물론 〈걸걸한 보이스〉까지 깨끗이 포기할 작정이었다. 교회를 그만두게 되어도 상관없다. 듣기 좋은 노래도 한두 번이지 말이야.

그때 바깥에서 문 두드리는 소리가 들렸다. 나가려던 참이었으므로 내가 문을 열었다.

"미안하지만 여기가 틀림없어요. 여기서 맡긴 거라고요."

방금 다녀간 그 구두닦이 남자였다.

"아저씨, 아니라니까 왜 자꾸 그래요. 여기 아니에요. 나가

세요."

윤호가 과격하게 떠밀어봤지만 구두닦이의 힘이 더 강했다. 출입문 손잡이를 꽉 잡고 놓아주지 않았다. 구두닦이에게 중요한 건 구두가 아니라 그 손잡이 같다는 생각이 들 정도였다. 나는 깊이 생각하지 않고 두 사람 사이로 끼어들었다. 윤호에게 귓속말로 내가 생각한 타협안을 제시했다.

"일단 구두를 받아놔. 받아놓고 방송해서 주인 찾아주면 되잖아."

"그러자면 지금 돈을 줘야 할 걸. 나 몇천 원밖에 없는데."

구두닦이에게 요금이 얼마냐고 물었더니 만 삼천 원이라고 했다. 예상보다 비싼 금액이라 셋 다 침묵을 지킨 채 대치 상태로 약 5분을 견뎠다. 그 사이에 나는 박정화 언니에게 문자를 보내 조언을 구했다. 박정화 언니의 답은 이랬다.

그걸 왜 나한테 묻는데? 너 그런 거 하나도 네 힘으로 해결 못하는 사람이니?

헐! 질책 당하는 느낌이어서일까. 내 입에서 딸꾹질이 터져 나왔다. 결국 내 돈 만 원을 보태 구두를 받아두는 것 외에 다른 방법이 없다는 것을 알았다.

구두닦이가 가고 난 뒤 얼마 되지도 않아 윤호는 괜한 짓을 한 것 같다며 후회했다. 특히 제 돈 삼천 원이 아깝다는 식으로 집착을 보일 때에는 어이가 없을 정도였다. 그뿐이 아니었다.

책상 밑에 던져놓은 남빛 구두를 계속 신경 쓰면서 "대박!"하거나 "뭔 발이 이렇게 작아. 이거 사람 발 맞아?" 하면서 타박했다. 하지만 그게 관심이라는 것을 모를 내가 아니었다. 내가 "방송은 언제부터 했어?"라며 화제를 돌렸을 때도 윤호의 눈은 구두에만 가 있었다. 나는 한 마디 하지 않을 수 없었다.

"너 이러다가 품에 구두를 안고 갈 것 같다."

"미쳤냐? 무슨 그런 소리를 해?"

"그럼 이제 그만 쳐다봐."

나는 윤호를 떼어내기 위해 구두를 책상 안쪽으로 깊이 밀어 넣었다. 구두의 색깔과 가죽의 질과 힐을 옹호해서는 아니었다. 내 눈에 그 구두는 최소한 만 삼천 원짜리였다. 충분히 보호할 가치가 있는 물건이었다.

"예배 끝날 때쯤 방송 한 번 더 해. 그럼 주인이 찾으러 올 거야."

나는 은근히 윤호를 압박했다.

"오늘 방송은 이미 끝났어."

"필요하면 또 하는 거지."

"몰라. 하고 싶으면 네가 해. 난 방송으로 여자 구두 찾으러 오라는 말은 도저히 못할 것 같아."

"아무나 해도 돼?"

"네가 아무나는 아니잖아. 넌 이 교회에 나보다 더 오래 다니지 않았어?"

"그, 그렇긴 하지."

"방송하고 싶으면 네가 해."

"그런데 예배는 안 가냐?"

나는 화제를 바꾸는 식의 소극적인 대응으로 위기를 넘겼다. 윤호는 "가야지." 했지만 여전히 일어나지는 않았다. 오히려 귤을 끌어당기더니 껍질을 벗기기 시작했다. 나도 하릴없이 윤호를 따라 귤을 깠다. 겉껍질을 까고 났는데 그대로 입안에 넣기에는 하얀 섬유질이 너무 많이 붙어 있었다. 나는 그것을 꼼꼼하게 제거했고 속껍질까지 벗긴 다음 입에 넣었다. 윤호가 내가 모아 놓은 하얀 섬유질을 만지작거릴 때만 해도 왜 그러는지 몰랐다. 나중에 그것을 입안에 넣는 모습을 보고는 학교 식당에서와 같이 혼비백산했다.

"야, 너 뭐야? 그걸 왜 먹어?"

"아깝잖아. 여기 이렇게 과육이 붙어 있는데."

"헐!"

나는 먹던 귤을 손에서 놓았다. 속이 울렁거렸다.

수학 때문에 스트레스를 받다가 모처럼 교육방송으로 들어가 강의를 듣는데 톡이 왔다. 윤호였다.

어이, 일점일!

일점일이라고 하지 말랬지?

ㅋ 미안. 이번 주 일요일 교회방송 네가 할래?

왜?

사실은 한 주씩 나눠 번갈아 하고 싶어. 매주 하는 게 무리데쓰네. 원래 고등부에서 하던 교회방송이 왜 중등부로 넘어왔는지 알 것 같아. 은근히 부담되고 신경 쓰여.

예배도 빠지면서 뭐가 무리라고. 나야말로 부담되는데.

예배를 빠지다니, 그런 말 마. 일부러 그런 것도 아닌데. 너도 봤잖아. 그 구두닦이가 나한테 얼마나 스트레스를 줬는지…….

돈을 받기 위한 수작이었지.

넌 돈을 주고 말았고.

ㅠㅠ

얼마 동안이라도 그래주면 안 되겠니? 너 이번에 방송하는 목소리 듣기 좋았어. 사람들도 다 좋다고 하더라.

싫어. 귀찮아. 안 해.

야, 일점일. 제발……, 제발 일점일.

죽을래?

나는 톡을 나가 얼른 데이터를 껐다. 와, 이것들! 가슴에서 활활 불꽃이 타오르는 것 같았다. 〈걸걸한 보이스〉에 대한 기대 때문에 내가 그동안 윤호 저한테 성질 죽여가면서 싫은데도 티 안 내고 참은 게 얼만데 고맙다고 하기는커녕 이제는 저 대신 방송까지 하라니. 그것도 일점일이라고 계속 놀려대면서.

지난번 교회방송만 해도 그랬다. 기왕 해온 거 여자 구두 맡기신 분은 와서 찾아가세요, 하면 될 것을 그걸 못하겠다며 나한테 미룰 때는 어이가 없었다. 할 수 없이 마이크를 잡자 왠지 모르게 신경질이 났다. 내 것이 아닌 마이크를 잡았기 때문이기도 하지만 돈이 연관되어 있어서 더 그랬던 것 같다.

윤호는 마이크 앞으로 나를 떠밀면서 이렇게 말했다.

"너 그거 만 삼천 원 받아내야 하잖아. 내 돈 삼천 원을 갚으려면 말이야."

그 말을 듣고 얼마나 기분이 나빴는지 모른다. 내 딴에는 윤호 저를 배려하느라고 만 원을 흔쾌히 내놓은 건데 그 마음을 알아주기는커녕 삼천 원까지 갚으라고? 중학생한테 만 원도 적은 돈이 아닌데 졸지에 빚까지 떠안게 되었다. 그것도 어, 하는 순간에 일어난 일이었다.

윤호 제가 나를 방송실로 오라고 했고 방송실로 찾아온 구두닭이를 돌려보내기 위해 내가 대신 지불했으면 우선은 제가 나한테 만 원을 갚고 뭐든 조처를 취하는 게 마땅하지 않을까. 그런 입장이 옳은 게 아닐까. 그런데 그걸 구두 주인한테 직접 알아서 받으라고 하고 그걸 받기 위해서는 방송을 해야 한다는 식으로 나를 몰아붙이고 있는 것이다.

내가 하나 봐라.

혼자 중얼거리면서 컴퓨터를 끄고 잠자리에 들었다. 사실은 가능하지도 않은 이야기였다. 아무리 교회방송이지만 그냥 음악 몇 개 트는 게 아니라 멘트도 해야 하고 이것저것 교회 살림살이에 대해 아는 척도 해야 했다. 나는 그 모든 것에 관심이 없었다. 내 관심 분야는 오로지 〈걸걸한 보이스〉다.

식탁에 앉아 아침을 먹고 있는데 엄마가 말했다.

"너 이상하다."

"뭐가?"

"샌드위치를 끝까지 먹고 있잖아."

"으헉!"

나는 얼른 먹던 샌드위치를 손에서 놓으려 했으나 소용이 없었다. 이미 마지막 남은 한 조각이 입 안으로 쏙 들어간 뒤였다. 평소에 안 하던 짓이고 나답지 않은 행동이지만 굳이 도로 뱉기보다는 남은 주스를 이용해 목구멍으로 넘겼다. 가방을 메고 현관을 나서면서 알았다. 누군가 나를 바꿔놓고 있다는 것을.

"어쩜 그렇게 할아버지를 따라 하냐?"

평소에 우리 할머니가 나한테 면박을 주면서 하던 이야기다. 밥을 먹든 과일을 먹든 나는 한 숟가락, 혹은 한 입 분량을 반드시 남겼다. 과일은 대체로 깎은 것이거나 나누어놓은 것이라 다른 사람이 먹어도 되니 상관없지만 밥은 달랐다. 내가 남긴 밥 한 숟가락은 언제나 음식물쓰레기통으로 들어갔다. 이게 모두 할아버지의 식습관이었다는 것이다. 일찍 돌아가셨기에 얼굴도 기억하지 못하는 할아버지의 식습관을 그대로 빼다 박았다는 소리는 불쾌한 것은 아니지만 유쾌하지도 않았다. 그런데 그런 식습관에 이상이 왔다. 윤호라는 남자애 때문에.

버스에서 내렸더니 수연이가 빵집 앞에서 나를 기다리고 있었다. 눈꼬리쯤에 노란 얼룩이 묻어 있다고 했더니 밥도 안 먹고 세수도 못하고 나오는 길이라고 했다.

“늦지도 않았는데 눈곱이라도 떼고 나오지?”

“그러게. 늦게 일어난 날은 학교에 더 일찍 도착하는 것 같아.”

“왜?”

“늦었다는 생각 때문에 서두르다 보니 반전이 일어나는 거지.”

“헐!”

나는 수연이 얼굴에서 눈곱을 떼어주었다. 수연이가 물었다.

“걸걸한 보이스는 어떻게 되고 있어? 첫사랑을 찍어내는 기계에 너하고 같이 들어갈 남자애는 누구니?”

마음이 켕긴 나는 잠시 헛기침을 했다. 윤호와는 절대로 사귀지 말라는 게 수연이 입장이었기 때문이다.

“몰라. 걸걸한 보이스라고는 구경도 못해봤으니까. 그거 헛소문 같아.”

“아니야. 있어. 그건 분명해.”

“무슨 증거로?”

“수요일에 오시는 하느님에 들어가면 무조건 남친이나 여친이 생기잖아. 그게 증거지.”

“아닌 경우도 많아. 박정화 언니를 봐.”

“야, 그 언니는 각본을 쥐고 있는 사람이잖아. 다른 언니 오빠들까지 모조리 내려다보고 있는 걸. 아마 자기 밑에서 남자친구를 찾을 수는 없다고 생각할 거야.”

“헐.”

“틀림없어.”

“인애도 남친 없어.”

“있을 걸.”

“없어.”

“있는데 네가 파악을 못하는 거야. 난 그렇게 봐.”

“아니라니까.”

"게다가 여친이나 남친이 생긴 애들은 한결같이 박정화 언니를 여신처럼 떠받들며 고마워해. 반면에 상처받고 나와서 박정화 언니 욕하고 다니는 애들도 있고. 박정화 언니 욕하는 애들이 하는 이야기에서 포인트가 뭔지 아니?"

"뭔데?"

"남친과 자기 사이를 박정화 언니가 간섭한다는 거야. 그래서 깨졌다며 억울해 해."

"박정화 언니가 나라쿠냐. 남의 사이 깽판 놓게. 지들 사이가 별로였으면서 꼭 핑계를 그렇게 대는 애들이 있어요."

"그건 나도 동의."

"웬일이냐. 네가 내 말에 좋아요를 다 누르고."

"암튼 수요일에 오시는 하느님이든 걸걸한 보이스든 나오지 말고 기다려봐. 매사에 말조심, 행동조심하면서. 정말 남친을 만들고 싶다면 괜히 아무것도 아닌 일에 경거망동해서 재 뿌리지 말란 말이야."

"안 그래도 아무것도 아닌 일을 아무것도 아닌 일이 아닐지도 모른다고 생각하며 참으려고 하니까 스트레스가 장난 아니다."

"참아."

"그래. 참을 수 있는 데까지 참아볼게."

"참으면 복이 온단다."

“복?”

“어.”

“그 복은 알약 같은 것이었으면 좋겠다.”

“왜?”

“컵에 물을 따라 마시면 확실히 효과가 나타날 거잖아. 맛은 몰라도 목구멍으로 넘어가는 분명한 느낌 같은 것도 있을 테고.”

“피이!”

“난 걸걸한 보이스가 눈에만 보였으면 좋겠어. 보이지도 않고 만져지지도 않는 것을 믿고 그것에 덤벼야 한다고 생각하면 참을 수가 없어.”

그러자 수연이는 재미있다는 듯이 깔깔댔다. 실컷 웃고 나더니 걱정된다며 턱도 없이 가식을 떨었다.

“너 그러다가 점점 인공적인 인간성으로 변질되는 거 아니야?”

“인공적인 인간성 같은 소리 하네.”

“너도 그거 봤어?”

“뭐?”

“요즘 인기 짱인 웹툰이잖아. 인공적인 인간성.”

“바야흐로 웹툰의 시대구나. 무슨 내용이냐?”

“두 명의 재미난 캐릭터가 나와. 하나는 인조인간인데 자연스러운 인간성을 꿈꾸고 나머지 하나는 평범한 인간인데 먹고 살기 위해 할 수 없이 인공적인 인간성을 꿈꿔. 둘이 붙으면 누가 이길 것 같냐?"

"빡치는 얘기네."

"실제로는 빽 가."

"흥."

그러는 사이 학교에 도착했다. 가방을 갖다 놓고 화장실로 갔더니 거기서 세수를 끝낸 수연이는 화장을 하느라고 손놀림이 분주했다. 기초화장품과 비비크림, 가벼운 색깔의 파우더까지 다 갖춘 파우치가 불룩했다.

"누가 널 봐주기나 한대?"

"모르는 소리 마. 여자는 매 순간 성실해야 여자인 거야."

"아직 사랑니도 안 난 게 까불어."

"사랑니 난 게 자랑이냐? 사랑니 나면 사각턱 된대."

"웃기시네."

"그러니까 나오는 족족 얼른 빼."

"너나 빼."

수연이 얼굴을 들여다보면서 "야, 파우더 색깔이 너무 밝잖아." 하고 간섭하다가 나도 모르게 검지에다 비비크림을 묻힌 다음 내 얼굴에 펴 발랐다. 하지만 어색해서 휴지로 쓱쓱 문질렀는데 오히려 얼룩덜룩 자국이 남았다. 할 수 없이 다시

비비크림을 바르고 수연이를 쳐다보았더니 이런 반응이 돌아왔다.

"내 얼굴 톤에는 딱인데 너한테는 안 맞는다. 이걸로 다시 덮어."

그러면서 어두운 톤의 파운데이션을 내밀었다. 동시에 "넌 피부가 너무 까매."라는 말도 잊지 않았다. 나는 입술을 삐죽이며 수정된 수연이 얼굴을 살피다가 여자 얼굴은 두 종류로 나뉜다는 생각을 했다. 화장을 해서 좋아지는 얼굴과 나빠지는 얼굴. 나는 아무래도 후자 같았다. 후자여서 불행하다는 뜻은 아니다. 난 분명 수연이보다 예쁘다.

파운데이션 땜빵을 끝내고 후다닥 교실로 들어갔더니 남자애들이 난리였다.

"오, 태순이 이뻐졌는데?"

나는 양손을 흔들어대며 아니라고, 절대 아니라고 부인했다. 이야기가 거기서 끝났더라면 얼마나 좋았을까. 누구의 입에선가 '윤호 효과'라는 말이 튀어나왔고 나는 그 소리를 듣고 말았다. 순간 왜 그랬을까. 아, 내가 정말 왜 그랬을까. 뒷자리 애를 돌아보며 이렇게 말하고 말았다.

"너희들, 우리 사귀는 거 어떻게 알았어?"

아침에 일찍 일어나 부엌으로 가서 밥 달라고 했더니 엄마가 깜짝 놀랐다. 밥 한 숟가락 남기기를 17년 동안 고집하더니 불현듯 성격을 개조하고 이제는 일요일 아침밥까지 먹겠다고?

"너 어디 아픈 거 아니야? 오늘 당장 입원할래?"

그러자 집안을 왔다 갔다 하던 아빠가 "수술하자면 미리 보험 들어놔야 하는 거 아니야?" 하고 거들더니 "대리운전이라도 뛰어야겠다. 에공." 하면서 엄살을 부렸다. 나는 "아빠의 농담에는 언제나 돈이 뼈처럼 들어가 있지." 하면서 수준 높게 투덜거렸다.

"아, 빨랑 밥 줘. 나가야 해."

교회방송 때문이라는 소리는 끝내 안 했다. 특히 누구 대신 교회방송 한다고 하면 아마 당장 병원 가서 뇌파검사 받자며 차에 시동부터 걸 사람들이었다. 엄마는 모르는 사람들 앞에서도 날더러 "저밖에 모르는 이기주의자"라는 소리를 서슴없이 던지곤 했다. 그런 내가 남을 위해 일요일에 일찍 일어나 밥까지 먹고 나갔다고 하면 얼마나 큰 충격을 받겠는가.

나중에 들통나서 생길 일은 걱정 안 한다. 둘러댈 수 있는 말이 하나둘이 아니니까. 오늘은 아마 방송에서 내 목소리가 흘러나오더라도 그것이 나인 줄은 꿈에도 모를 것이다. 엄마 아빠는 내가 밖에서 집으로 전화를 걸어도 내 스스로 나라고 밝히지 않으면 그게 나인지 분간을 못한다. 부모님이 문제인지 내 목소리가 개성이 없는 것인지는 분명하지 않다.

급조된 샌드위치가 주스와 함께 식탁에 놓였다. 반쯤 먹었을 때는 더 이상 먹기가 힘들었다. 토하거나 체하거나 둘 중 하나의 불상사는 반드시 일어날 것 같았다. 엄마가 안 보는 틈을 타 음식물쓰레기통에 버리고 화장실로 들어갔다.

"그러면 그렇지. 수술 안 해도 되겠네."

양치질을 하는데 엄마 목소리가 들렸다. 나는 칫솔질 속도를 높였다.

"오늘은 예배 빠지면 안 된다. 시간 맞춰 와. 알았지?"

"네."

그 길로 현관문을 열고 나왔더니 차가운 공기가 밀려와 얼굴을 덮쳤다. 다른 나라의 도시를 걷는 것처럼 동네가 낯설었다. 공원을 가로질러 교회 쪽으로 걸어가다가 폰을 열어봤다. 문자가 들어와 있었다. 박정화 언니였다.

오늘 방송 네가 한다며? 오, 우리 태순이 멋진데!

윤호가 억지로 맡긴 거예요, 엉엉.

답을 누르고 다시 걸어가고 있는데 문자가 또 왔다.

네가 어떤 음악을 고를지, 목소리는 어떨는지 무척 기대된다.

'어떤 음악'이라는 말이 걸렸다. 오늘 방송에 나갈 모든 음악은 이미 윤호가 정해주었기 때문이다. 박정화 언니는 그걸 모르고 있는 걸까.

나는 쉽게 답을 하지 못한 채 계속 걷기만 했다. 지금까지 교회방송은 〈수요일에 오시는 하느님〉에서 전담해왔다. 윤호가 방송을 한 건 박정화 언니가 허락을 했거나 시켰을 가능성이 높았다. 그렇다면 윤호가 나에게 방송 절반을 맡긴 것은 누구의 생각일까.

아, 이건 지나친 피해망상이야.

나는 멈추어 서서 내 오른쪽 빰따귀를 세게 때렸다. 그래도 정신이 안 드는 것 같아 왼쪽 빰따귀에는 주먹질을 했다. 그러고 난 뒤 휴대폰 셀카 버전으로 얼굴에 지도가 어떻게 그려졌는지 확인했다. 손자국은 조금도 나지 않았다. 더 때려야 하나.

인애한테서 그런 얘기만 안 들었어도 내가 이렇지는 않았을 거라는 생각이 들었다. 어제 밤에 전화를 걸어온 인애가 대뜸 이렇게 물었다.

"너 윤호랑 사귄다고 너희 학교에 소문냈다며?"

"야, 말도 안 돼. 내가 무슨 그런 소문을 내냐?"

입이 다물어지지 않았다. 우리 학교에서 일어나는 일을 나보다 더 빨리 알고 있다니. 그렇다면 수연이도 이 소식을 들었을 텐데, 왜 아무 말이 없는 거지? 정상적이라면 당장 전화하거나 달려와서 엄청 짖어대야 하는데.

인애가 빈정거렸다.

"이미 파다하거든?"

"우, 씨. 누가? 누가 그러던데?"

내가 좀 흥분한 척했더니 인애는 "에효"라며 한 숨 한 방을 쉬고 나더니 "야, 김태순!" 하고 소리쳤다.

"설마 윤호가 너한테 마음 있다고 생각하는 건 아니지? 꿈 깨라."

"그런 생각 안 하거든."

내 귀에는 내 목소리가 무척 슬프게 들렸다.

"이런 이야기는 안 하려고 했는데, 박정화 언니가 나한테 묻더라. 태순이 네가 윤호한테 아직도 관심 있는 것 같냐고."

"언제?"

"네가 수요일에 오시는 하느님 면접 본다고 난리칠 무렵."

"칫, 그래서 뭐라고 대답했는데?"

"모른다고 했지. 아닌 것 같다고."

"잘했다."

"그뿐이 아니야."

"또 뭐?"

"박정화 언니 폰 목록에서 네 이름이 뭔지 알아?"

"일점일?"

"아니, 낙하산."

"헐. 네가 직접 봤어?"

인애는 그렇다고 했다. 박정화 언니가 내 앞에서는 나를 일점일이라고 부르지만 내가 없는 곳에서는 낙하산으로 지칭한 지 꽤 되었다는 것이었다. 왜 지금 말해주느냐고 물었더니 "그런 거 정도는 네가 알아서 눈치로 때려야지." 했다.

인애는 못을 박으려 했다.

"너 윤호한테 깊이 말려들지 마. 약속할 수 있어?"

대충 알았다고 하려다가 왠지 모르게 찜찜해서 왜냐고 물었다.

"어떻게 설명해야 할지 모르겠는데……. 윤호한테는 사연이 있어."

"사연? 그게 무슨 소리야?"

"있어, 그런 게……."

끝내 자세한 이야기는 하지 않았다.

"암튼 윤호한테 깊이 말려들지 마."

"칫."

괜한 질투이거나 방해 공작이라고 생각했기에 나는 콧방귀를 세게 뀌었다. 그런 다음 인애의 말을 잊어버렸다. 내가 마음속 깊이 기억하기 시작한 것은 인애가 박정화 언니의 안티 같다는 확신이었다. 그러면서도 〈수요일에 오시는 하느님〉에 계속 나가는 이유가 궁금했다. 혹시 윤호 때문? 그런 생각을 하고 있는데 수화기 너머에서 "윤호보다는 차라리 경수가 낫지."라는 싸구려 멘트가 들려왔다. 나는 벌컥 화를 내며 전화를 끊으라고 소리쳤다.

오늘 첫 곡은 시규어 로스예요.

나는 박정화 언니에게 내가 생각한 답을 카톡으로 보냈다. 교회방송과 연관된 내 일상까지 모두 알려주기를 바라는지도 모른다는 생각이 들어서였다. 어쩌면 미리 알려주었어야 할 것을 말해주지 않아 문자를 보냈던 건 아닐까. 윤호는 최근 몇 주 동안 첫 곡으로 시규어 로스의 음악을 틀고 있다는 이야기와 함께 오늘 필요한 곡명까지 불러준 상태였다. 거기에 따른 멘트는 알아서 하라고 했다.

시규어 로스, 최고지.

이번에는 엄지척까지 붙어서 왔다. 나는 괜히 과감해져서 전화기를 향해 놀리는 어투로 물었다.

"시규어 로스 트는 거 정말 모르셨어욤?"

교회에 도착하자 방송실로 들어가 난로부터 켰다. 이미 찾아놓은 클래식음악을 불러와 블루투스로 연결을 시키고 있는데 박정화 언니의 메시지가 톡으로 도착했다.

너 얼굴만 예쁜 게 아니라 마음도 예쁘다.

나는 립서비스하는 기분으로 답을 연이어 보냈다.

아 왜 이러세요. 저야 기껏 동네사람인 우리 엄마 짝퉁이고요 ㅜ

언니는 쏘셜하면서

글로벌하고

인터네셔널한 미모

암튼 여신께서 칭찬을 해주시니 몸 둘 바를 모르겠습니다요 ㅋ ㅋ

그랬더니 이런 답이 왔다.

이쁘다고 하니까 너 되게 좋아한다.

나야 여신 급은 아니고 기껏 여왕 급이지 뭐.

왠지 모르게 내 심장이 뜨끔, 하고 놀랐다. 그 느낌이 이상해서 혼잣말처럼 이런저런 욕을 엄청나게 쏟아내며 기분을 풀었다. 된소리, 거센소리가 막힘없이 튀어나왔다. 하지만 아무리 욕을 해도 기분이 말끔해지지는 않았다.

여신 급……, 여왕 급…….

급기야 그런 단어가 마음에 걸려왔으나 깊이 생각해볼 여유는 없었다. 방송시간이 임박했으므로 우선은 빨리 답을 보낼 필요가 있었다. 나는 〈수요일에 오시는 하느님〉의 멤버답게 가면을 쓰고 글자를 찍었다.

언니는 여신이시고 여왕이세요. ㅋㅋ 크헉~ 그러고 보니 방송시간이 다 되었네요. 나중에 또 문자 보낼게요. 그럼 전 이만~~~

전송 버튼을 누르고 이모티콘도 적당하게 섞었다.

약 5분 가량 여유가 있어 화장실에 다녀왔다. 윤호는 말이 교회방송이지 아는 사람들 앞에서 하는 안내 멘트 수준이어서 조금도 긴장할 필요가 없다고 했으나 짐작과는 달랐다. 막상 방송을 시작하려고 마이크 앞에 앉았더니 떨렸다. 혹시라도 전화가 올 경우를 대비해 카톡 알림을 닫았다. 겨우 목소리를 가다듬고 이런저런 시작 멘트를 한 다음 시규어 로스의 〈올 얼라이트〉를 소개했다.

"시규어 로스는 아이슬란드 출신입니다. 땅은 작지만 뛰어난 뮤지션들이 많이 배출된 나라라고 합니다. 아이슬란드는 국민들이 서로 친척처럼 지냈는데, 우리가 영화에서 봤던 바이킹의 후예가 아이슬란드 국민이라는 거 알고 계신가요? 무척 용감한 국민성을 지녔던 이 나라가 2009년쯤 금융시장의 붕괴로 엄청난 빚을 지면서 망했다네요, 주식은 85%까지 폭락하고 은행과 국민들이 외국에 대해 진 빚은 계산 불가일 정도로 많았다고 합니다.

비록 나라는 파산했지만 시규어 로스는 여전히 활동하고 있습니다. 자연이 소리가 멈추어져버린 후 차마 사라지지 못한 그 소리 끝에서 멈추어지지 않도록 노래한다. 사람들이 시규어 로스의 음악에 대해 말하고 있는 바인데요. 저는 슈게이징이니 드림팝이니 하는 장르를 방송 준비하면서 처음 알게 되었답니다. 슈게이징이라는 이름은 시규어 로스가 소속되어 있던 밴드의 라이브 무대에 가면 꼼짝 않고 그들의 악기나 바닥만을 쳐다보게 되는 것이 마치 신발을 쳐다보는 것 같다고 해서 붙여지게 되었다고 합니다. 여러분도 한 번 들어보시죠. 지금부터 음악 나갑니다."

멘트를 마치고 음악이 나오자 안도의 한숨이 흘러나왔다. 책을 읽은 것처럼 어색했던 게 마음에 걸렸지만 처음인데도 이만큼 한 내 자신을 대견하게 여기는 게 오히려 더 적절한 보상 같았다. 나는 시규어 로스의 음악 두 곡을 연속으로 설정했다. 10분 이상 여유가 생겼다는 이야기다.

잠시 음악을 들어보았다. 기분 탓인지 장송곡 같았다. 집에서 미리 들어봤을 때와는 또 달랐다. 확실한 건 매우 지루하고 이상한 곡이라는 사실. 노래하는 사람이 슬픈지 기쁜지, 행복한지 불행한지를 도무지 종잡을 수 없다. 이런 음악을 찾아서 듣는 사람은 무슨 마음에서일까.

다 괜찮아.

제목은 뭔가 느낌이 있었다. 도대체 모르겠는 음악의 흐름과 맞는 것 같았다. 이런 음악도 괜찮다는 뜻으로 이해해버리고 싶다. 아니, 왠지 괜찮다고 느끼라고 강요하는 것 같다. 지금 괜찮다고 느껴지지 않는다면 괜찮다고 느껴질 때까지 노력해야 할 것 같은 무언의 압력 같은 거. 뭔 소리야?

아 몰라, 몰라.

나는 생각을 털어내기라도 하듯 고개를 흔들어댔다. 이 음악이 끝내 괜찮아지지 않을 것 같은 이 느낌, 그게 나의 진실 같았다. 아무리 강요하고 강요받아도 안 되는 것이 있다. 난 우리말 가사가 달린 케이팝이 좋다. 제이레빗이나 박경의 〈보통연애〉 같은, 하다못해 매드클라운이나 브라운아이드걸즈 같은.

음악이 끝나자면 약 2분 가량 남았을 때였다. 책상 아래에 놓여 있던 구두에 우연히 눈길이 가서 신어보았다. 평소에는 양말을 주로 신다가 오늘따라 스타킹을 신었는데도 구두가 너무 죄었다. 겨우 발을 끼우는 데는 성공했지만 일어나 걷는 것은 불가능했다. 청바지를 조금 걷고 나서 신었을 때는 흡족했다. 가느다란 발목과 복숭아뼈의 윤곽이 구두와 어느 정도 어우러졌던 것이다. 물론 그것뿐이었다. 보기는 좋아도 사용 불가인 구두였다. 사진으로나 남기려고 휴대폰 카메라를 열었다가 잠시 머뭇거렸다. 같은 발목 스타킹이지만 사실은 짝짝이로 신고 나와 색깔이 확연히 달랐다. 누구에게 보여줄 것은 아니었지만 한 쪽 발씩 따로따로 사진을 찍었다.

음악이 끝나는 소리가 들리자마자 나는 프로처럼 얼른 마이크 앞으로 당겨 앉았다. 마이크가 다른 누구도 아닌 내 것 같은 느낌이 들었다. 적어도 지금 이 순간은 틀림없이 그랬다.

"시규어 로스의 〈올 얼라이트〉와 〈아라 바타〉 어떻게 들으

셨나요? 아이돌과 발라드 음악을 좋아하는 저는 사실 잘 모르겠어요. 그냥 편안하고 잔잔하다는 느낌만 있어요. 그럼에도 시규어 로스를 튼 것은 저희 중등부 수요 모임 수요일에 오시는 하느님의 구성원들이 이 음악을 틀라고 적극 추천해서입니다."

거기까지 멘트를 했을 때였다.

"실례합니다."

내다봤더니 비닐에 싸인 옷을 어깨에 걸친 땅딸막한 아저씨가 두리번거리고 있었다. 딱 봐도 세탁물이었다. 못 본 척 하려고 했는데 눈이 마주치고 말았다. 나는 아저씨에게 아니라며 손짓으로 의사표현을 하고는 안을 볼 수 없게 문을 기울여 놓았다.

그 다음 멘트는 시규어 음악에 관해 간단히 마무리하고 지난주 교회 활동을 소개하는 것이어서 미리 작성해온 것을 읽으면 되는 거였다. 나는 부흥회 소식과 교회 명의로 나가는 장학금 소식, 목사님의 근황을 전하였다. 그리고 교인 중에서 어느 분이 군자역 근처에 학원을 차렸다는 소식을 자세히 전하려고 하는데 세탁 아저씨가 문을 열고 안을 들여다보았다. 얼굴에는 골이 잔뜩 나 있었다. 별로 상대하고 싶지는 않았지만 계속 귀찮게 할 것 같아 잠시 클래식음악을 아무 거나 틀고는 몸을 일으켰다.

"왜 그러시는데요?"

방송하는 걸 뻔히 봤으면서 자꾸 말을 거는 게 얄밉고 싫어서 목소리가 퉁명스럽게 나갔다. 스피커에서는 피아노곡이 흐르고 있었다. 아저씨는 적반하장으로 나왔다.

"이거 갖다 달라고 했잖아요. 지금은 배달 시간도 아니고 여긴 배달 지역도 아니어서 나도 무척 곤란한데 하도 부탁해서 온 거예요. 그런데 아니라면서 문을 닫으면 난 어떻게 해?"

"저는 이런 걸 맡긴 적이 없거든요. 제 거 아니에요."

"교회 방송실이 여기 말고 또 있어?"

아저씨는 반말에다 표정이 점점 험악해져 갔다.

"어, 없는 것 같은데요."

"그러니까. 여기 봐. 영수증에도 이렇게 적혀 있잖아. 은총교회 방송실. 본관 1층."

"그렇게 적혔어도 제 옷이 아닌 걸 어떡해요? 제가 맡긴 옷 아닙니다."

"학생, 지금 영수증을 보고도 그런 말을 해?"

내가 그 영수증과 아무 상관도 없다는 것을 어떻게 증명해야 하는 걸까. 나는 그 영수증이 나와 관련이 있는지 없는지를 증명할 필요조차 없는 사람이었다.

"교회 사무실로 가서 말씀해보세요."

"거기는 이미 갔다 왔어. 방송실이 어딘지 물어보려고."

아저씨는 세탁물을 감싼 투명 비닐을 신경질적으로 풀더니 옷걸이에서 옷을 벗겼다. 교복 상의였다. 세탁소 아저씨가 내 눈앞에 대고 여학생 교복 상의를 흔들어댔다.

"이거 딱 학생 옷이네. 이 옷이 학생 옷이 아니란 말이에요?"

여학생 교복이고 네가 마침 여학생이니 네가 책임져야 한다는 소리처럼 들렸다.

"아니라니까요. 제 교복이라는 증거 있어요? 이건 우리 학교 교복이 아니란 말이에요. 여기 옷에 제 이름을 새긴 명찰이 달린 것도 아니고요."

"이름? 이름이 그렇게 중요해?"

"당연하죠. 여기 제 이름이 붙어 있다면 설사 제 것이 아니더라도 아니라는 말은 못하겠죠. 안 그래요?"

내가 한 말에 스스로 흡족하여 나는 좀 차분해졌다. 다른 건 몰라도 내가 말싸움에서는 안 지거든, 어디 할 말 있음 더 해보시지? 그렇게 한껏 의기양양해 있는데 이게 웬일, 그쯤에서 포기해야 할 아저씨가 내 말을 또 받는 것이었다.

"일부러 돈 안 주려고 명찰을 미리 뗀 거 아니야?"

"네?"

아이구. 게임 캐릭터가 불화살을 맞았을 때처럼 나는 가슴을 움켜쥐었다. 다행히 그 순간 걸어놓은 음악이 끝났다. 나는 손을 떨면서 음악을 연결했는데 알고 봤더니 스팅의

〈Everybody Laughed But You〉였다.

"암튼 학생도 바쁜 것 같으니까 이거 받고 요금 칠천 원이나 줘. 빨리."

아저씨가 넓적하고 더러운 손바닥을 내 앞으로 들이밀었다. 순식간에 울음이 복받쳤다. 당장 엄마라도 불러야겠다고 생각하며 전화기를 열었다. 마음은 급한데 엄마는 전화를 받지 않았다. 지금쯤 교회에 도착했을 게 분명한 아빠, 고모부도 연결이 안 됐다. 그러다가 나도 모르게 박정화 언니의 톡을 열었다. 박정화 언니가 보낸 새로운 메시지가 있었다.

그 멘트 3주 전에 윤호가 했던 거네.

좀 물어보고 했어야 하는 거 아냐?

넌 원래 그렇게 네 맘대로니?

헐. 나는 너무 놀라서 손을 더 떨었다. 시간을 확인했더니 시규어 로스에 관한 첫 번째 멘트 직후에 온 것이었다. 교회 안 어딘가에서 방송을 듣고 있을 박정화 언니의 모습이 떠올랐다. 휴대폰을 닫으려는데 앞서 나눈 대화 중에서 나야 여신 급은 아니고 기껏 여왕 급이지 뭐, 라는 구절이 찌르듯 시야를 압도해왔다. 여신 급, 여왕 급은 윤호와 내가 나눈 대화에서 나온 말이라는 게 비로소 기억났다.

"얼른 칠천 원이나 달라니까. 학생, 돈 칠천 원도 없어?"

그 와중에 세탁 아저씨는 발까지 굴러가며 나를 몰아붙였다. 위협을 느낀 나머지 나는 결국 내 지갑에서 만 원짜리를 꺼내 내밀고 말았다. 치욕스럽지만 아저씨한테서 빨리 해방되는 게 내 돈 칠천 원을 지키는 것보다 나을 것 같았다.

"잔돈 없어요?"

왜 만 원을 내느냐며 타박까지 했다. 나는 됐으니까 그만 가시라고 하고는 방송실 문을 닫고 들어왔다.

"고마워."

밖에서 그런 소리가 들리고 난 뒤 발자국 소리가 멀어졌다.

"아우! 미친놈."

돌아버릴 것 같은 느낌을 해결하기 위해 마이크가 놓인 책상을 걷어찼다가 발가락이 부러지는 줄 알았다. 그런데 내가 그 순간 미친놈이라고 한 게 세탁 아저씨인지는 분명하지 않았다. 그건 거의 윤호한테 하는 욕 같았다. 윤호나 내가 박정화 언니의 시야에서 박정화 언니가 원하는 윤곽으로 존재하기 위해 안간힘을 써야 하는 것은 알 것 같았다. 내가 문제 삼고 싶은 것은 정확성이었다. 나야 여신 급은 아니고 기껏 여왕 급이지 뭐, 하고 박정화 언니가 말한 걸 보면 윤호는 박정화 언니에게 내용을 잘못 전달했다. 내가 했던 말이 옳고 좋은 말은 아니지만 그래도 박정화 언니를 폄하하려는 것과는 거리가 멀었다. 남의 말을 일러바치려면 제대로 해야지 왜 엉터리로 하나. 그런 생각을 하면서 나는 신을 벗고 아픈 발가락을 만졌다. 그러고 보니 내가 신었던 것은 운동화가 아니라 구두닦이가 맡기고 간 구두였다. 세탁 아저씨와 상대하는 동안 그걸 신고 있었던 모양이다.

구두를 벗고 운동화로 갈아 신자마자 음악이 끝났다.

"네, 방송실 책상을 걷어찼더니 발이 아픕니다. 발가락이 끊어져 나갈 것처럼 아파요. 엉엉. 왜 찼냐고요? 여러분들께 그 사연을 들려드리기 전에 안내 말씀 드리겠습니다. 여기 방송실에 여학생 구두와 학교를 알 수 없는 여학생 교복 상의가 있습니다. 지난주에 구두 닦는 분이 나타나 방송실에서 맡긴 거라며 막무가내로 놓고 가더니 오늘은 글쎄……."

이야기를 털어놓고 났더니 기분이 이상했다. 이건 분명 수연이나 인애한테 수다떨듯이 털어놓을 그런 이야기는 아니었던 것이다. 불안과 공포, 어쩌면 미저리 버전인지도 몰랐다. 그 때문일까. 내가 선택한 곡은 조수미의 〈여호와는 나의 목자시니〉였다. 제목만으로도 마음이 어느 정도 가라앉는 것 같았다.

마지막 곡으로 스팅의 〈잉글리쉬맨 인 뉴욕〉을 고른 것은 다소 즉흥적이었다. 그대로 음악을 내보내면서 교복 상의를 다시 살펴보았다. 어느 학교 교복인지는 여전히 알 수 없었다. 분명 인근에 있는 학교에서는 남색과 회색 줄무늬가 있는 교복을 입지 않았다.

나는 윤호에게 따지기 위해 톡을 열었다. 가장 먼저 추궁하고 싶은 것은 여신 급, 여왕 급이라는 단어의 유출 문제였지만 그걸 노골적으로 드러내기는 어려웠으므로 우선 그 교복 사진을 보냈다. 이건 분명히 나 혼자 알고 나 혼자 책임질 문제는 아니었다.

지난주에는 구두더니, 오늘은 교복 상의야. 어떡하냐고 ㅠ

답장이 왔다.

누가 가져왔는데?

세탁소 아저씨.

네가 맡긴 게 아닌데 왜 받았어?

왜 받긴. 너도 지난번에 겪어봤잖아.

일단 받아놓자고 한 건 너였다.

방송실로 날 오라고 하고 대신 방송해달라고 한 건 너거든?

하지만 문제를 직접 처리한 건 너야. 난 너처럼 문제를 해결하는 것에는 찬성할 수가 없어.

나 혼자 있는데 아저씨가 말도 안 되는 소리 해가면서 얼마나 화를 냈는지 알아?

그래도 네가 맡긴 게 아니면 받아서는 안 되는 거잖아.

무서운 걸 어떡해? 상황을 모면하고 봐야지. 빨리 칠천 원 내놓으라며 발까지 구르는데 손이 다 떨리더라니까.

무서웠다는 건 알겠어 ㅠ

무슨 말이 그러니? 무서웠다는 건 알겠다고? 얼마나 알겠는데?

나는 너무 화가 나서 뚜껑이 열렸다는 표시로 같은 이모티콘을 연속으로 세 개나 보냈다. 미안하다고 말하거나 하다못해 대신 방송해줘서 고맙다고 해도 모자랄 판에 이게 무슨 경우야? 불쾌감을 참을 수 없어 잠시 호흡을 끊었다가 내 입장을 좀 더 분명히 밝혔다.

원래 방송실 담당자는 너니까 네가 책임져. 오늘은 세탁비라며 칠천 원 받아갔어. 이걸 왜 내가 물어야 하지?

그랬더니 동문서답이 왔다.

구두는 신어봤냐? 발에 맞아?

미쳤냐? 내 것도 아닌데 왜 신어.

네 돈이 들어갔잖아.

내 돈이 들어갔으면 내 것이 되는 거냐?

구두의 현재 가치를 돈으로 환산해봐. 거기서 매겨진 가격에는 네가 지불한 돈도 포함될 거잖아. 너는 이제 그 구두와 헤어질 수 없는 거다.

무슨 말도 안 되는 소리야? 누구 것인지 찾아낼 거야. 그리고 돈을 돌려받을 거라고.

그래, 그러자.

그게 끝이었다. 세탁비를 어떻게 하겠다는 문자는 끝내 오지 않았다.

그림 속에서

그림 속에서

인애한테서 전화가 걸려온 것은 당장 윤호를 만나 따져야겠다며 방송실을 나왔을 때였다.

"지금 빨리 지하철 1번 출구에 있는 아이스크림 가게로 와."

"어, 알았어."

절친의 명령인 만큼 이유도 묻지 않고 지하철 쪽으로 걸어갔다. 나는 일요 예배를 가다 말다 하는 편이지만 인애는 꼭 참석하려고 했다. 내 기억으로 인애가 딱 한 번 참석하지 않았을 때가 있는데 치매에 걸린 할머니가 집을 나가 온 가족이 부산으로 내려갔을 때였다. 그러니 지금 만나자는 것은 일요 예배에 같이 가자는 이야기나 다름없다고 보았다. 인애는 내가 윤호 대신 교회방송을 한다는 사실을 몰랐다. 나는 친구를 위해서라면 얼마든지 교회를 나가 다시 교회로 돌아오는 수고를 겪을 수 있었다.

아이스크림 가게로 들어갔더니 인애는 창가 붙박이 테이블에서 콘아이스크림을 들고 멍하니 바깥을 내다보고 있었다. 겨울인데도 아이스크림이 녹아 손등으로 흘러내렸다. 나는 아이스크림을 빼앗아 혀로 핥아 먹으면서 인애 옆자리에 앉았다.

퉁퉁 부은 인애 눈을 보고 깜짝 놀랐다.

"울었어?"

"몰라."

그러면서 나 들으라는 듯이 한숨을 크게 내뱉고는 이렇게 말했다.

"나, 잘렸다."

"너 알바했었니?"

"아니, 교회 동아리에서."

인애는 〈수요일에 오시는 하느님〉이라고 하지 않고 교회 동아리라고 했다. 나는 놀라서 쟁반에다가 아이스크림을 던지듯이 내려놓았다. 제명되어야 할 사람은 난데 무슨 까닭으로 인애가 잘렸단 말인가.

"왜 잘렸는데?"

"아, 열 받아."

인애가 "있지, 박정화 언니……." 하면서 본격적으로 사건의 전말을 털어놓으려고 하는데 내 휴대폰으로 전화가 걸려왔다. 박정화라는 이름이 떴다. 나는 화들짝 놀라 전화기를 귀에 댔다. 박정화 언니가 물었다.

"너 어디니?"

"교회 입구 아이스크림 가게요."

"예배 안 들어와?"

"지금 가려고요."

전화를 끊고 시간을 확인했더니 예배 시간 1분 전이었다. 어떡하지? 하고 물었을 때 내 전화기는 어느새 인애 손아귀에 들어가 있었다.

"그냥 끄면 되잖아."

인애는 누군가의 얼굴을 할퀴듯이 내 전화기에서 소리를 제거해버렸다. 그러고도 모자라 매운 고추 먹은 만화 캐릭터 같은 표정으로 씩씩거렸다. 나는 안 되는데, 하면서도 분위기에 질려 감히 소리를 키우지 못했다. 사실은 10분이나 20분쯤 있다가 들어가도 문제는 없었다. 나는 원래 예배시간에 좀 늦는 편이었다.

"태순아."

인애는 뭔가 결심한 듯 한껏 폼을 잡았다. 하지만 뒤이어 꺼낸 말은 황당하다 못해 허탈하기까지 했다.

"넌 경수가 왜 싫어?"

"아, 왜 툭하면 경수야? 진짜 짜증 나."

내가 당장 가버릴 것처럼 난리를 쳤더니 인애는 또 금세 수그러졌다. 나는 헛소리 말고 잘린 이유나 대보라며 다그쳤다. 인애는 박정화 언니에 대한 원색적인 욕을 퍼붓기 시작했다. 박정화 언니라는 호칭 대신 "걔" 혹은 "지는", "지가"라는 대명사가 사용되었다. 그런데 아무리 듣고 있어도 잘린 이유를 알 수 없었고 박정화 언니의 어떤 점에 대해 안티를 걸고 있는지 종잡을 수가 없었다. 답답한 나머지 중간에서 인애 말을 끊고 끼어들었다.

"도대체 문제가 뭐라는 거야? 그걸 이야기해보라니까."

그건 나답지 않은 매우 논리적인 질문이었으나 그만큼 인애가 이성을 잃고 있다는 뜻도 되었다. 그때 등 뒤에서 누군가 이렇게 소리쳤다.

"문제가 뭐긴 뭐야. 경수를 너하고 엮고 윤호랑 데이트하고 싶은데 지 마음대로 안 되니까 그렇지."

그렇게 말한 것은 놀랍게도 박정화 언니였다. 인애와 내가 나란히 앉아 창밖을 내다보며 말하는 것을 박정화 언니가 뒤에서 듣고 있다가 끼어든 것이다.

"어, 언니."

나는 의자에서 일어났고 인애는 앉은 상태에서 "아, 씨이." 하면서 자기 머리카락을 쥐어뜯었다. 나는 영문을 알 수 없었고 갈피를 잡기가 힘들었다.

"야, 김태순!"

박정화 언니 목소리는 매우 히스테릭했다. 아무래도 먼저 조준된 것은 인애가 아니라 나인 것 같아 더 놀랐다. 나를 쳐다보는 예쁜 얼굴 여기저기가 평소와는 달리 모가 난 채 각진 느낌이어서 마치 남자선배의 얼굴을 보는 것 같았다. 그것도 매우 사납고 인정머리 없는 남자의 얼굴이었다. 나는 한 걸음 뒤로 물러났다.

박정화 언니가 말했다.

"너 아주 제멋대로다."

"네? 그, 그게……."

"예배시간 되었으면 맞춰서 들어와야지 이래도 되는 거니?"

"죄송해요. 지금 막 들어가려고……."

"빨리 안 들어가?"

충격을 받은 나는 재빨리 고개를 숙이면서 밖으로 나가기 위해 몸을 돌렸다. 하지만 그때 "경수를 너하고 엮고 윤호랑 데이트 하고 싶은데"라는 말을 떠올렸고 평소의 무식함 그대로 주춤하는 척 하면서 다시 박정화 언니를 향해 돌아섰다.

"그런데 언니가 방금 말한 거, 그게 다 무슨 소리예요?"

그러자 박정화 언니가 정색을 하면서 자신의 얼굴을 내 얼굴 가까이 들이댔다.

"너 바보니?"

"아, 아니요."

그때 옆 테이블에 한 쌍의 남녀가 나타나 자리를 잡았고 그것을 의식하기라도 한 듯 박정화 언니도 자리에 앉았다. 나는 박정화 언니의 눈총을 무시하고 그 맞은편에 앉았다.

"그런 건 인애한테 직접 물어봐야지."

박정화 언니의 낮은 목소리에는 빈정거림이 섞여 있었다. 순간 내 입은 마치 기다리기라도 했다는 듯이 그때껏 담아둔 말을 즉각 쏟아내고 말았다. 가늠하고 말고 할 틈이 없었다.

"그거 언니가 시킨 일 아니었어요?"

"뭐라고? 너 지금 뭐랬냐?"

"언니가 저를 실험용으로 생각해서 경수를 저한테 붙여준 거라고 하던데요?"

"누가? 누가 그래?"

"애들이요."

거기까지 말해놓고 나자 갑자기 겁이 났다. 너무 많은 이야기를 하고 난 뒤끝은 언제나 안 좋았다. 그것을 감당하는 문제가 남기 때문이다. 만약 박정화 언니가 누가 그랬는지 대라며 주리라도 틀면 나는 틀림없이 수연이 이름을 불고 말 텐데, 그러면 어쩌지? 나는 의리는 있지만 인내심은 없는데 어쩌지? 하지만 그런 걱정은 안 해도 될 것 같았다. 박정화 언니가 인애 의자를 뒤에서 턱, 하고 걷어차더니 이렇게 쏘아붙였다.

"야, 너 그런 거짓말까지 했니?"

"아, 뭐요?"

인애가 의자를 박차고 일어나려는 순간이었다. 박정화 언니가 "야, 너 이리 나와 봐."라고 하면서 인애 머리끄덩이를 잡아당겼고 그 다음부터는 이런 경우 우리가 흔히 상상하는 그런 일이 일어나고 말았다. 찢어지는 목소리가 뒤엉킨 아이스크림 가게는 두 개의 호러물을 동시에 상연하는 공연장 같았다. 인애와 박정화 언니가 서로에게 쏘아붙이는 이야기가 매우 달랐기 때문이다.

그 와중에서도 나는 확실히 파악하고 말았다. 두 개의 공연 주제가 각각 무엇인지를 말이다. 박정화 언니는 인애를 향해 "네가 네 맘대로 네 친구를 이용해놓고 왜 나에게 덮어씌우니?"라고 비난했고 인애는 "덮어씌우긴 누가 덮어씌웠다고 그래요? 봤어요? 내가 덮어씌우는 거 봤어요?" 하면서 악을 썼다. 그러다가 궁지에 몰렸는지 이런 이야기로 몸을 빼려고 했다.

"내가 내 친구한테 내 친구 소개시켜줬는데 언니가 뭔 상관이에요?"

박정화 언니는 숨을 한 번 크게 고르고 나더니 다시 한 번 인애 머리끄덩이를 잡아당겼다. 인애는 간간이 악을 쓰고 앙탈을 부렸지만 이미 진 거나 다름없는 싸움이었다. 겉으로는 힘에서 밀려 어쩔 수 없이 겪는 일 같았지만 어느 정도 선에서 일부러 당해주는 면도 있었다. 박정화 언니는 아무리 미워도 교회 안의 한식구였고 그 중에서도 동아리 최고 선배였다. 후배가 이겨먹을 수도 없지만 이겨먹어서도 곤란한 존재였다. 그러니 싸우더라도 이판사판으로 번지지 않도록 주의할 필요가 있었다.

소란이 정리된 건 박정화 언니의 나머지 패거리가 나타난 이후였다.

"빨리 안 꺼져?"

명숙이 언니의 그 한 마디는 싸움을 말리는 효과도 있었기에 나 역시 깊이 말려들지 않았다. 소란이 더 진행되는 걸 원하는 사람은 없었다. 인애한테 뭘 물어보더라도 박정화 언니가 안 보는 데서 할 것이다.

"아, 씨."

인애는 끝까지 반항하는 척 했지만 표정은 이미 체념에 가까웠다. 나는 그런 인애의 팔짱을 끼고 지하철 입구로 잡아끌었다. 그런데 몇 걸음 채 가기도 전에 박정화 언니가 나를 불러세웠다.

"넌 빨리 예배 안 들어가?"

"인애 집에 데려다주고요."

나는 박정화 언니의 얼굴을 자신 있게 쳐다보았다. 나는 잘못한 게 없었기 때문이기도 하지만 누가 뭐라고 해도 내 친구를 직접 챙길 생각이었다.

"걔도 발은 있어. 너는 네 할 일이나 해."

박정화 언니가 쏘아붙였다.

"발은 있지만 혼자 걸어가기에는 너무 힘들 것 같아서요. 그리고 힘들어하는 친구를 도와주는 게 제가 할 일인 것 같아요."

그러고는 인애를 끌고 지하철 계단을 내려갔다. 뒤에서는 "쟤 저거 뭐야, 진짜."라는 소리와 "야, 그냥 내버려둬."라는 말들이 복잡하게 얽혀들고 있었다.

지하철로 내려간 뒤 나는 반대편 출구로 인애를 잡아끌었다. 다시 지상으로 올라가 맥도날드 같은 데라도 들어가 따질 걸 따질 셈이었다. 하지만 내가 그러자고 하기도 전에 인애가 내 팔을 빼고는 심술을 부렸다.

"야, 넌 그 언니 앞에서 왜 그렇게 말 하냐?"

"내가 뭐?"

"시켰다고 한 거 말이야. 그러면 누가 봐도 내가 말했다고 생각할 거 아니야."

"넌 지금 그게 문제냐?"

나는 말을 끊듯이 인애 앞을 가로막았다. 괘씸했다. 박정화 언니가 말한 것이 사실인지 당장 물어보고 싶은 걸 꾹 참고 여기까지 저를 데리고 왔는데 그걸 알아주기는커녕 따지기만 하는 인애가 이해가 안 갔다.

"인애 너, 아까부터 물어보고 싶었는데 똑바로 대답해."

나는 손짓까지 섞어가면서 단호하게 말했다. 나라고 해서 인애 머리끄덩이를 잡지 말란 법이 없었다.

"경수하고 날 붙이려고 한 게 너냐? 그거 박정화 언니가 시킨 거 아니었어?"

"누가 뭘 시켜? 너하고 경수가 잘 어울릴 것 같아 내가 대시해보라고 한 건데, 그게 뭐가 문제야? 그게 뭐가 문젠데?"

역시 그랬었군. 속으로는 많이 불쾌했지만 내색하지 않으려고 애썼다. 경수가 데이트 신청을 처음 했을 때부터 몹쓸 기분이었던 건 아니었다. 경수가 마음에는 안 들었지만 나한테도 데이트 신청이 들어오는구나 해서 내심 기뻤던 것도 사실이었다. 그런데 그게 인애가 대시해보라고 시킨 거였다니.

"자, 잠깐."

"뭐?"

"너는 왜 경수한테 그런 걸 시켰는데?"

나는 정말 궁금했지만 인애는 그걸 질문이라고 하느냐는 표정이었다.

"둘이 잘 어울리고 사귀면 좋을 것 같았으니까 그런 거지."

"잘 어울리기는 누가 잘 어울린다고 그래? 그렇게 경수가 좋으면 네가 사귀면 되잖아?"

"나하고 경수는 아니지."

"왜?"

"관심사도 다르고 취향도 다르고 무엇보다 연결이 안 돼. 느낌이 다르다고. 내가 볼 땐 너하고 경수가 딱이야."

"인애 너 진짜 웃긴다."

"뭐가?"

"도대체 경수에 대한 나의 감정을 왜 네가 판단을 하는 거냐?"

"나한테 딱, 하고 느낌이 왔다니까."

"딱 하는 느낌, 그거 혹시 이거 아니었냐?"

나는 주먹을 쥔 다음 손가락 마디를 이용해 인애 이마에다 꿀밤을 한 대 먹였다. 그렇다고 속이 시원해지지는 않았다. 사람 감정이 과학이나 수학도 아닌데 거기에 대해 제삼자가 이러니저러니 한다는 것 자체가 웃겼다. 경수와 나 사이에서 이루어져야 할 것을 인애 제가 대신 느낀다는 게 말이 되나.

인애는 또 이런 말도 했다.

"너도 문제는 있어."

"무, 무슨 문제가 있는데?"

"넌 경수가 말하는 거라면 무조건 째고 본다며?"

"야, 그건……. 아우!"

나는 거의 멘붕이 올 것 같았지만 잠깐 멈추었다. 아무래도 내가 인애의 페이스에 지나치게 말려들고 있는 것 같았다. 말이 안 되는 걸 가지고 왜 말이 안 되느냐고 따질 필요는 없는 게 아닐까. 나는 그동안 내가 느낀 모순, 내가 느낀 감정을 회복할 필요가 있었다.

"그래, 네 말이 맞다고 쳐. 그런데 그게 다야? 정말 실험 아니라고?"

"실험이라니, 무슨 뚱딴지같은 소리야?"

갑자기 말이 궁색해졌다. 나는 〈걸걸한 보이스〉 이야기를 떠올렸다. 남자애와 여자애를 소개하여 첫사랑으로 키운다는 것에 관해 말이다. 하지만 인애는 〈걸걸한 보이스〉가 있다는 것을 받아들이지 않았다. 한 번도 인정한 적이 없었다. 그런 인애에게 이런 경우 도대체 뭐라고 따져야 한단 말인가.

"일단 위로 올라가자."

그러면서 먼저 계단을 올라갔다. 인애도 따라왔다. 계단을 다 올라갔을 때쯤 저절로 고개가 갸웃거려졌다.

"단지 그렇게 좋은 뜻이기만 했단 거야?"

"당연하지."

맥도날드로 들어가 자리를 정하는 사이 팽팽하던 긴장감이 다소 느슨해졌다.

"그럼 윤호하고 사귀고 싶다는 거는 뭐야?"

"그건 박정화 언니가 헛소리를 한 거야."

"진짜?"

"그걸 말이라고 하냐?"

나는 또 할 말이 없어졌다. 5분마다 바보가 되는 기분이었다. 버거 세트를 쟁반에 담아온 인애는 박정화 언니에 대한 욕을 본격적으로 늘어놓기 시작했다.

"뭐든 제멋대로야. 자기가 무슨 하느님이라도 되냐? 자기가 뭔데 남의 일에 감 놔라 배 놔라야. 아우 신경질 나."

나는 멍청한 표정으로 인애를 쳐다보면서 버거를 씹었다. 남의 일에 감 놔라 배 놔라 간섭하는 것은 내가 인애에게 느끼는 감정이었다. 이를테면 박정화 언니는 인애에게 감 놔라 배 놔라 하고 인애는 나한테 감 놔라 배 놔라인 셈이다. 나는 머리를 조금씩 회복해가고 있었다. 무엇보다 인애의 욕에는 알맹이가 빠져 있었다. 왜 박정화 언니를 욕하고 있으며 무엇이 못마땅하다는 건지 알 수가 없었다.

"박정화 언니가 너한테 어떻게 감 놔라 배 놔라 했는데?"

"있어. 그런 게."

"야, 그걸 말해야지 내가 알아듣지. 넌 지금 너무 애매하고 추상적인 욕만 늘어놓고 있어. 욕을 그렇게 해서야 되겠니? 혹시 네가 윤호랑 사귀고 싶은데 박정화 언니가 자꾸 나한테 밀어붙여서 열 받은 거 아니야?"

"아니야."

"인애야, 네가 내 친구라면 너의 감정을 제대로 이야기해줘. 안 그러면 우리 사이 금방 끝장난다."

나는 마치 인생에 대해 잘 알고 있는 큰언니처럼 말하고 난 뒤 팔짱을 끼면서 폼을 잡았다. 그때 이미 나는 확신하고 있었다. 박정화 언니가 한 말이 모두 사실이라는 것을. 인애 표정을 보면 알 수 있다. 말을 하는 사이 인애의 미간은 여러 차례 떨렸다. 그건 인애가 거짓말하고 있다는 증거였다.

슬쩍 내 얼굴을 훔쳐본 인애가 입을 떼기는 했는데 너무 기가 막힌 질문이 날아왔다.

"넌 도대체 경수가 왜 싫은 거니?"

나는 딱 벌어진 입을 다물려고 했으나 다물어지지가 않았다.

처음에는 인애가 왜 자꾸 경수 그 멍청한 자식 이야기를 반복하는지 몰랐다. 인애한테 저런 이상한 모습이 있나 싶었을 뿐이다.

하지만 버거를 다 먹고 모든 의심을 버린 채 인애 말을 주의 깊게 들었더니 머리에 불이 켜지는 느낌이었다.

"윤호인지 경수인지 그게 뭐가 중요해?"

인애는 그렇게 말했다. 그리고 내가 윤호와 같이 교회방송을 한다는 것도 알고 있다고 했다. 그 점에 있어 자기는 박정화 언니의 의견에 찬성하지 않는다나 뭐라나. 내가 인애 너는 윤호를 어떻게 생각하느냐고 물었을 때는 이런 대답이 돌아왔다.

"내가 윤호를 좋아한다고?"

인애는 콧방귀를 오지게 뀌었다.

"아니야?"

"아니거든."

"아니라는 증거 있음 대봐."

"어차피 윤호나 경수나 시시한 애들일 뿐이야."

그 말은 백 번 공감이 갔다. 인애가 시시한 경수를 나한테 떠밀었다고 치더라도 말이다. 좀 다를까 했는데 윤호 역시 아니라는 것이 드러났다. 교회방송을 가지고 나한테 하는 것으로 보면 배려심이라고는 눈곱만큼도 없는 애였다.

"그럼 네 생각은 뭔데? 넌 뭐가 중요해?"

"우리 각자가 여기에 가지고 있는 그림, 그게 포인트야."

인애는 '여기'라고 할 때 자신의 배를 짚었다. 그건 수연이가 나에게 들려준 이야기와 같은 맥락이었다. 내가 갈피를 잡는 것처럼 보였는지 인애 목소리는 점점 힐난조로 변해갔다. 내가 경수 말을 째기보다는 그걸 가지고 퍼즐을 맞췄어야 한다는 거였다.

"퍼즐?"

"그걸 맞춰봐야 그림이 뭔지 알 수 있잖아."

이를테면 윤호에 비해 경수가 나에게 더 맞는 이유는 윤호보다 경수가 가지고 있는 그림이 더 확실하기 때문이란다. 경수는 자기가 선호하는 것 몇 가지를 나에게 흘리고 나는 그때마다 거절했던 게 있었다.

넌 왜 화장 안 해?

넌 항상 긴 머리만 하니? 단발머리는 싫어?

생각이 거기에 이르자 자책감이 들기는커녕 경수에게 처음 그 이야기를 들었을 때처럼 울화통이 치밀었다. 내가 화장을 하든 말든, 긴 머리를 하든 짧은 머리를 하든 도대체 제가 무슨 상관이란 말인가. 그것을 기억해 인애에게 들려줬더니 이런 반응이 돌아왔다.

"넌 일단 경수가 하는 말에 화를 내거나 농담으로 맞서거나 하다못해 흉내내는 척이라도 했어야 해. 재는 왜 저 따위냐며

거부만 할 게 아니라."

"허걱. 도대체 내가 왜 그래야 하는데?"

"그래야만 관계가 만들어지는 거잖아."

"관계?"

"그래. 좋은 관계든 나쁜 관계든 화를 내거나 감정을 표현하고 나서 그걸 가지고 서로 생각할 시간을 가져야만 가능한 거야. 느끼기는 했는데 말도 안 하고 속으로만 뭐 저런 자식이 다 있냐고 하면 서로의 그림이 드러나지 않는 거잖아. 시간이 지나면 그런 관계는 그냥 깨지게 되어 있어."

"칫. 깨질 테면 깨지라지."

그러자 인애가 버럭 화를 냈다.

"야, 김태순!"

"뭐?"

"너한테 하나만 물어볼게."

"뭔데?"

"너 경수가 하는 말이 웃긴다고 생각해놓고 왜 말을 안 했어? 화를 낼 수도 있었잖아."

"어지간해야 화라도 내지."

"그게 뭐야?"

"뭐긴. 넌 지나가는데 어떤 사람이 말도 안 되는 것을 요구하면서 막 이래라저래라 한다고 해서 화내니?"

"아니, 우선은 피하려고 하겠지."

"바로 그거야. 난 대꾸하고 싶지도 않았다고."

"경수가 그렇게 아무것도 아니었던 거야?"

"그랬던 것 같아. 상관없는 거 있잖아. 한마디로 난 화가 나지 않았어. 그런데 어떻게 화를 내니?"

"헐."

"난 경수가 무슨 생각을 하든, 뭘 원하든 지금도 아무 관심 없어. 넌 그런 나를 억지로 경수하고 붙여주려고 하는 거라고."

인애가 비로소 고개를 끄덕이며 긴장감을 풀었는데 그 순간 나는 내 친구가 건물처럼 무너져 내리는 줄 알았다.

인애가 부르짖었다.

"맙소사."

"내가 더 맙소사다."

우리는 비로소 서로를 이해하게 된 기분이었으나 우리 각자가 서로 뭘 이해하게 되었는지는 인애도 나도 정확히 알지 못했다.

"그런데 말이야."

마지막으로 인애가 꺼낸 이야기는 듣기에 따라 아주 심각했다. 지난번 전화 통화를 하면서 이미 들었던 말이기는 했다.

"윤호 가슴속에는 아무리 시간이 흘러도 지워지지 않을 그림이 있어."

그런 소리를 할 때 인애의 눈은 유난히 빛났다. 어떤 그림이냐고 물었더니 교통사고로 몇 년 전에 누나를 잃었다고 했다.

"누나가 죽었다는 거야?"

"응."

그러자 윤호가 남의 이야기라며 들려준 말이 생각났다. 다이어트를 하려고 밥을 덜어준 누나의 행동을 아빠한테 일렀던 게 발단이라고 했던가. 그렇게 해서 누나와 남동생이 치고받고 싸웠다는 이야기로 끝났다면 좋았을 텐데.

"맙소사."

인애는 잠깐 그 일이 일어났을 때의 상황을 설명했다. 교회에서도 신경을 많이 썼고 충격 받은 윤호 엄마를 위해 다른 엄마들이 나서서 반찬이며 옷가지도 꽤 챙겼다는 거였다.

"지금 문제는 그게 아니야."

인애는 빨대를 이용해 남은 콜라를 쭉 빨아 먹고는 컵을 흔들어댔다. 얼음이 요란하게 덜그럭거렸다.

"윤호의 가슴속 그림을 선명히 파악하고 있는 박정화 언니가 분명히 그것을 이용할 거라는 거야."

"이용하다니, 어떻게?"

"그걸 몰라서 나도 이러는 거잖아. 박정화 언니가 쥐고 있는 각본이 뭔지, 그걸 알아낼 수만 있다면 좋겠는데."

"에이, 설마."

나는 말도 안 된다며 손사래를 쳤다. 아무리 박정화 언니가 그렇고 그렇기로 가족 모두가 커다란 충격을 받았을 그런 일을 이용한다는 게 말이 되는가. 지나친 피해의식이었다.

하지만 인애와 헤어지고 우리 집으로 돌아와 현관문을 딱 닫았을 때 나는 촤르르, 하는 신기한 소리를 들었다. 그것은 게임에서 블록이 맞추어지고 사라지는 것과 같은 소리였는데 한 문장으로 표현하면 이렇다.

〈걸걸한 보이스〉는 꽝이다.

왜냐하면 사람마다 가지고 있는 자기만의 느낌과 판단이 중요하기 때문이다. 그 느낌과 판단을 그대로 다른 사람 관계에 적용하려고 장난을 치다 보니 박정화 언니가 그런 오해도 받는 게 아닐까. 첫사랑을 제조하니 어쩌니 하는 것 자체가 잘못된 거였다. 사랑을 만드는 것은 오직 자기 자신만이 할 수 있는 일이다. 엇갈리고 시행착오를 겪고 심지어는 상처를 낳더라도 말이다.

교복을 벗고 세수를 하고 내 방으로 들어와 책상에 앉고 나자 내 생각은 더욱 명료해졌다. 나는 내가 〈걸걸한 보이스〉에 관해 이야기를 듣기 전의 상태로 돌아왔다고 생각했다. 나는 거기에 휘말리지 말았어야 했다. 사랑이 무슨 찐빵도 아닌데 다른 사람이 만들어서 선물처럼 건네줘도 되는 거라고 믿었단 말인가. 박정화 언니는 지금 쓸데없는 일을 하고 있고 그래서 모함도 받는 것 같다. 〈걸걸한 보이스〉는 이래저래 꽝인 것이다.

꿈을 꾸었다. 〈수요일에 오시는 하느님〉 모임이 있기 전날 밤이었다. 우리 집 식탁에는 커다란 그릇 두 개가 나란히 놓여 있었다. 오른쪽 그릇 안에는 구두가 담겨 있었고 왼쪽 그릇 안에는 교복 상의가 있었다. 숟가락이나 젓가락, 혹은 밥이나 반찬 같은 것은 보이지 않는 이상한 식탁이었다.

나는 구두를 꺼내 이것저것 신어보았고 내 발에 맞는 것을 찾아냈다. 교복 윗도리 중에 내 이름이 새겨져 있는 것을 찾아 몸에 걸쳤을 때는 허리 라인이 아름답다고 느꼈고 겨드랑이와 어깨 부분도 편안한 느낌을 주었다.

거울 앞에서 옷을 매만지는데 누군가 문을 두드렸다. 나가 봤더니 엄마가 교복 치마를 내 앞으로 내밀었다. 치마 단이 터졌으니 직접 고치라는 것이었다. 나는 바늘과 실을 가져와 그것을 꿰매기 시작했다. 하지만 바늘을 옷에 찌르자마자 손가락이 따끔, 하면서 피가 났고 나는 곧바로 눈을 떴다.

아침에 가방을 메고 집을 나오는데 문자가 왔다. 수연이가 빵집 앞에서 기다리고 있다는 내용이었다.

궁금해 미치겠으니까 빛의 속도로 굴러와라.

뭘 가지고 그러는지 아주 감을 잡지 못한 것은 아니었다. 수연이는 〈수요일에 오시는 하느님〉 멤버가 아니지만 〈수요일에 오시는 하느님〉에서 일어나는 일을 거기에 소속된 멤버들보다 더 잘 알고 있는 친구인 것이다. 아니나 다를까 수연이는 보자마자 이렇게 물었다.

"야, 야, 너 인애랑 같이 박정화 언니랑 한판 붙었다며?"

"붙기는 누가 붙어. 우리가 껌이냐?"

"서로 머리끄덩이 잡고 막 그랬다던데?"

"일방적으로 잡힌 거거든."

"하긴 박정화 언니가 머리채 잡는다고 같이 잡았다가는 벌써 골로 갔다고 소문났겠지. 잘 참았어, 친구야."

수연이가 내 어깨를 토닥거렸다.

"인애 걔 잘렸잖아. 왜 잘렸는지는 직접 들었지?"

"어, 뭐……."

못 들었다는 말을 할 수가 없어 대충 얼버무리면서 눈치만 보았다. 사실 나야말로 몹시 궁금하던 차였다.

수연이가 말했다.

"와, 인애 걔 보기와는 완전 다르지 않냐?"

"그, 그래. 보기보다는 좀 그렇지."

"좀 그렇기만 하냐? 윤호가 아무리 좋아도 그렇지, 어떻게 교회방송을 자기랑 같이 하자고 하냐. 윤호 걔 집안 형편 때문에 방송하고 대신 장학금 받는 거라던데."

"뭐 방송? 장학금?"

내가 화들짝 놀라서 고함을 치듯이 반응하는 바람에 우리 발걸음은 저절로 멈추어졌다. 수연이가 눈을 동그랗게 뜨고 나를 바라보았다.

"너, 모르는구나? 몰랐지?"

"아니, 아니, 듣긴 들었는데 그런 뜻인지는 몰랐지. 집안 형편이나 장학금, 그래 그건 몰랐어. 난 처음 듣는 이야기야."

"이 년 전인가, 삼 년 전인가 윤호 누나 그렇게 되면서 엄마 아빠 직장도 그만두고 집안 형편이 많이 어려워졌대잖아."

"누나 이야기 너도 알았어?"

"그럼, 내가 모르는 게 뭐가 있다고."

"하긴."

"윤호네 엄마는 그것 때문에 지금도 기도원에 사시다시피 한대."

"아, 그래?"

"그런 마당에 방송을 같이 하자고 하면 그것도 민폐 아니니?"

"인애가 윤호 장학금에 재라도 뿌렸다는 거야?"

"아니, 그게 아니라."

"그럼 뭔데? 뭐가 문젠데?"

"방송을 같이 하자고 했다고 장학금도 나누자는 이야기는 아닐 수도 있어. 하지만 방송을 나눠 하면 장학금도 나눠야 하고 나누게 되어 있잖아. 그런데도 인애는 박정화 언니한테 대들기까지 하면서 방송을 같이 하게 해달라고 했다는 거야. 그러다가 잘린 거지."

헐. 그렇다면 내가 인애한테 속았다는 건가.

나는 말을 삼키기 위해 안간힘을 다해 콧숨을 내뿜었다. 뭔가 체하는 느낌이었다. 밥 먹고 물 먹다가 체해보기는 했지만 숨을 쉬다가 체한 적은 없었다. 나는 내가 왜 이렇게까지 사실을 숨기려 하는지 한심하다는 생각도 미처 할 수 없었다. 그만큼 수연이가 전한 내용은 충격이었다. 무엇보다 내가 윤호와 같이 교회방송을 하고 있기에 더 그랬다. 나는 모르는 사이에 방송을 하게 되었는데 내 친구 인애는 그것을 하기 위해 결사항전을 했다는 이야기가 아닌가. 조만간 수연이가 그거까지 알게 될 텐데 그땐 또 어떤 비난을 받을지 벌써부터 아찔했다.

학교에 도착하자 나는 수연이에게 잘 가라는 인사도 안 하고 얼른 우리 반으로 들어갔다.

학교 수업이 끝날 때까지 심란한 상태로 시간을 보냈다. 방송은 그만두면 되기에 큰 문제는 아닐 수도 있었다. 요는 인애가 내가 방송하는 것을 알고 있다는 하나의 사실과 그것을 자기가 하려고 했었다는 것이었다. 그렇다면 무엇이 먼저일까. 윤호와 내가 번갈아 방송하게 된 걸 인애가 알고 나서 자기가 하겠다고 나선 것일까 아니면 인애가 윤호와 방송하게 해달라고 박정화 언니에게 요구한 뒤에 내가 하기로 결정이 난 것일까.

인애는 분명히 윤호나 경수나 시시한 애들일 뿐이라고 말했다. 그런데도 윤호와 함께 방송을 하고 싶어했다. 그건 뭘까?

학교 마치고 교회에 갔을 때는 더 놀랐다. 동아리방에 인애가 와 있었기 때문이다. 나는 숨도 안 쉬고 쳐다보다가 가까이 다가가 귓속말로 속삭였다.

"너 잘렸다며?"

"내가 언제?"

"뭐야? 네가 일요일에 그랬잖아."

"그건 이거 말한 거 아닌데."

"그럼?"

그때 여러 명의 동기들이 우르르 몰려들어왔고 우리는 약속이나 한 듯 입을 다물었다. 나는 생각해보았다. 그렇다면 일요일에 인애가 잘렸다고 했던 것은 〈걸걸한 보이스〉였단 말인가. 〈걸걸한 보이스〉가 있다는 사실을 한 번도 인정한 적이 없는 인애가 그걸 처음으로 인정한 격이 되나. 나는 궁금하고 안달이 나서 미칠 것 같았다. 이런 기분으로는 성경 공부에 참여하기 어려울 것 같았다.

"야, 화장실 가자."

"난 갔다 왔어."

눈치를 주면서 빨리 밖으로 나오라며 어금니를 물었으나 인애는 계속 모른 척이었다. 나한테는 시선을 주지 않았다.

박정화 언니가 동아리방으로 들어왔을 때 어떤 사건을 기대했으나 아무 일도 일어나지 않았다. 인애를 보고도 나가라고 하지 않은 것이다. 며칠 전에 있었던 일에 대해 남은 감정을 드러내지도 않았다. 그뿐이 아니었다. 성경을 번역하면서 논쟁이 될 만한 구절이 생기고 마침내 이야기가 제네바 성경인지 뭔지 하는 것에까지 나아갔을 때 박정화 언니가 거기에 대한 배경 설명을 해보라며 가장 먼저 지목한 것은 인애였다. 물론 인애는 잔뜩 뒤끝을 드러냈다.

"제네바 성경은 반바지성경(Britches)이라고도 하는데요……, 오늘은 제가 잘 설명하기 어려울 것 같아요. 컨디션이 안 좋은 것도 있고 또 세부적인 기억에 자신이 없다 보니."

그러면서 인애는 슬쩍 윤호의 표정을 스캔했고 나는 그것을 놓치지 않았다. 박정화 언니는 알았다고 했다.

반바지성경에 관해 유창하게 설명한 것은 한 학년 아래인 진수라는 남자애였다. 나는 대체적으로 무슨 말인지 알아듣기 어려웠으나 셰익스피어 작품에서 인용된 것이 바로 제네바 성경이라는 말은 귀에 들어왔다. 청교도들이 영국에서 미국으로 건너가면서 챙겨간 성경도 제네바 성경이라는 거였다.

진수의 설명이 끝나고 나자 박정화 언니는 제네바 성경의 번역 사례를 요한복음 3장 16절을 가지고 오래 이야기했다. 라임즈 성경의 같은 구절과 비교해보기도 했다. 그 과정에서 새삼 알게 된 것은 박정화 언니가 단순히 동아리 회장이 아니라 성경에 대해 매우 해박한 지식을 가지고 있으며 교회와 하느님에 대한 사랑과 자부심이 넘치는 사람이라는 것이었다. 다른 데서는 비록 회원의 머리끄덩이를 잡더라도 〈수요일에 오시는 하느님〉에서는 너그러움과 포용력을 갖춘 사람으로 행동했다. 중간에 회원들 이름을 하나씩 부르면서 인정스럽게 질문을 했는데 인애에게도 한 번 더 기회가 돌아갔다.

박정화 언니가 말했다.

"역사적으로 보면 성경에 사역(私譯)이 본격적으로 등장하게 되는 시기가 옵니다. 사람들은 대체적으로 18세기 이후라고 말들을 하는데 왜 하필 그때 사역이 범람하게 된 걸까요. 그

점에 관해 누가 이야기를 시작해 봤으면 하는데……, 인애 어때? 한 번 의견을 발표해볼래요?"

그러자 이번에는 인애가 아까와는 다른 태도를 보였다. 뒤끝을 숨기고 진지하게 자신의 의견을 피력한 것이다.

"저는 개인의 등장하고 관계가 있다고 봐요."

그렇게 운을 떼고 나더니 이후로는 일사천리여서 말도 잘 알아듣지 못하던 나는 질투심에 사로잡히고 말았다. 특히 중요한 포인트를 강조할 때마다 인애의 눈은 윤호 쪽을 쳐다보았는데 그때마다 내 안에서는 뭔가가 부글부글 끓었다. 나도 그런 내 자신이 이상하다고 여길 정도였다. 인애는 문학과 회화, 음악 등 여러 예술 장르를 예로 들었다.

"셰익스피어 희곡작품을 가지고 말해보겠습니다. 이전에는 인간이 선한 사람, 악한 사람으로만 나누어졌다면 선과 악을 내면화한 셰익스피어 희곡의 인물들은 그것을 자기만의 잘못, 자기만의 선행이라는 형태로 표출하기 시작했다는 것입니다. 그걸 요즘 말로는 자기 색깔이라고 하기도 하죠. 영화나 소설 속의 악한 인물이 자기만의 색깔을 가지고 악한 행동을 하면 우리는 싫기보다는 재미있다고 느낍니다."

인애는 여유만만 잘난 척까지 했다.

저게 언제 셰익스피어까지 섭렵한 거지?

나는 입을 딱 벌렸다. 인애는 공부를 하면서 줏대가 생긴 걸까. 나도 앞으로 책 좀 읽어야 하나. 발표는 계속되었다.

"세포분열을 상상하면 될 것 같습니다. 인간의 마음도 점점 세분화되어 섬세함을 드러내는 것인데요, 이러한 개인 성향이 백 년 이백 년 계속되다 보니까 18세기를 넘어서면서는 독자적인 시각으로 성경을 해석하는 일까지 나타나게 된 겁니다. 교회는 이것을 다 통제하는데 어려움을 겪게 되는 것이고요."

박정화 언니는 묘한 표정을 지은 채 고개를 끄덕였다. 겉으로는 인애의 말에 동의하는 것으로 보였지만 속으로는 나처럼 질투하고 있는지도 모를 일이었다. 한동안 고개만 끄덕이던 박정화 언니가 인애 말에 토를 달았다.

"개개인이 드러내는 독자성, 세상이라는 무대에서 자신이 당당하게 주어로 떠오르는 것, 정말 멋지지 않습니까?"

일종의 보충설명인 셈이었다. 그 말을 하면서도 박정화 언니는 얼굴에다 잔뜩 미소를 그려 넣고 인애만 쳐다보았다. 인애가 옆자리에 있으면 손을 내밀어 머리라도 쓰다듬을 것 같았다. 나는 그저 불안한 시선으로 여러 사람들의 표정을 훑을 뿐이었다. 내가 알고 내가 느낀 것은 그저 표정 변화를 감지하는 정도랄까. 그리고 내 친구 인애가 그렇게 똑똑한지 처음 알았다는 것도 중요하다. 사실 그건 내가 알던 인애의 모습이 아닌 것 같았다.

그런데 박정화 언니가 말하는 주어는 줏대와 같은 것일까.

세상이라는 무대에서 당당하게 주어로 떠오르는 것.

내가 그 말의 매력에 빠져 입안에 사탕처럼 물고 맛을 보고 있는데 마침 3학년 현수 오빠가 나서 박정화 언니의 주어를 문제 삼았다. 현수 오빠는 교육방송에서 하는 퀴즈프로그램에 출연해 1등을 먹은 적이 있는 수재 중의 수재였고 착하고 정의로운 성향 때문에 중등부 지도교사 선생님이 자기 아들처럼 귀하게 여겼다.

"그런데 주어는 주어이기만 하면 되는 건가요? 어떤 주어인지도 중요한 문제라고 보는데요……."

"어떤 주어라니요?"

박정화 언니가 무심한 표정으로 말을 받았다.

"사람이 세상이라는 무대에서 당당히 주어가 되는 것은 아름다운 일이나 어떤 윤리성이라고 할까. 그런 게 필요하다고 봅니다."

"윤리성이라면 도덕이나 선 같은 것을 말하는 건가요?"

박정화 언니의 표정 위로 야릇한 냉소가 흘렀다.

"음……. 좀 설명하기 어려운데요, 비슷합니다."

"우리가 각자 주어가 될 때 그것이 타인에게 주는 영향이 있을 것 같다는 이야기일까요? 좋은 영향도 있지만 나쁜 영향도 있을 테니 말입니다."

"제가 생각하는 것도 그런 문제에 가깝습니다."

현수 오빠는 힘이 달리는지 약간 숨을 학학댔다. 그는 수재이고 키도 어느 정도 됐지만 몸무게가 40kg이 될까 말까 한, 병적으로 마른 체형이었다. 박정화 언니는 그런 현수 오빠를 아픈 동생처럼 대하면서 내려다볼 때가 많았는데 오늘도 그런 식이었다. 박정화 언니가 토닥거리는 듯한 태도로 현수 오빠에게 말했다.

"그래서 하느님이 계신 거라고 봅니다. 타인에게 좋은 영향을 주고 세상을 두루두루 이롭게 하려면 올바른 관점이 필요할 것 같습니다."

"네, 그 올바른 관점을 사람이 판단하지 않아야 하는 거라고 한다면 저도 동의할 수 있습니다."

"하지만 우리는 결국 말씀을 해석해내야 하는 거잖아요. 판단할 수 없는 것을 판단해야 하고 선택할 수 없는 것을 선택해야 하는 것이죠."

박정화 언니의 주장과 현수 오빠의 아슬아슬하고 숨가쁜 의견은 내용이 서로 같아 보였지만 뉘앙스는 전혀 달랐다. 내가 파악한 것은 겨우 그거였다. 그것은 단어보다는 목소리에서 오는 느낌의 차이하고도 연관이 있는 것 같았다.

내가 잠깐 휴대폰을 보면서 딴생각을 하고 났을 때였다. 이야기가 어떻게 거기까지 간 건지 갑자기 박정화 언니가 흥분된 목소리로 소리쳤다.

"그럼 하느님은 계시나마나 아닙니까?"

"아닙니다. 하느님은 있음 그 자체로 의미가 있습니다. 뿐만 아니라 다 보고 계시고 다 느끼십니다. 때로는 고통의 눈물을 흘리십니다. 우리는 그와 같은 하느님의 계심을 마음속에 담아두고 사는 신앙인입니다. 각자가 하느님과 접속해 하느님의 뜻이 무엇인지를 파악하고 그것을 실천해야 한다는 건 매우 어렵고도 예민한 문제입니다."

다소 길게 말한 이후 현수 오빠는 기진맥진한 기색을 역력히 드러냈다. 구급차를 불러야 하는 건 아닐까 걱정될 정도였다. 착하고 정의로운 사람들은 왜 하나같이 허약하고 비리비리한 것일까. 이런 병약함이 지나쳐 세상에는 나쁜 사람들이 득세하는 걸까.

그 즈음부터는 내 머릿속 필름이 끊어졌다. 술을 마시지도 않았는데 필름이 자연적으로 끊어지지는 않는다. 나는 일부러 끊은 것이었다. 너무 골치가 아팠다.

이런 걸 못 알아먹는다고 줏대가 없는 건 아닐 거야.

나는 애써 그런 내 자신을 위로했다.

그래도 안심이 되는 게 있다면 나만 그렇지는 않았다는 것이다. 3학년들끼리의 토론이 길어지면서 1학년과 2학년들은 노골적으로 하품을 시작했다. 인애 역시 복사본 교재에다가 낙서를 하거나 여러 차례 휴대폰을 확인하면서 지루함을 온몸으로 표현했다. 나는 그 틈을 타 의사소통을 시도했다. 휴대폰 문자로 이런 내용을 전송했다.

그럼 너가 잘렸다는 게 혹시 걸걸한 보이스였니?

또 걸걸한 보이스냐? 그런 건 없어. 헛소리야.

그럼 네가 어디서 잘렸다는 건데?

박정화 언니한테서. 난 이제 화라인이 아닌 거야.

헐. 그게 다야?

그게 다라니. 정화 언니가 주인공인 세상에서 방을 빼고 사라져야 한다는 게 얼마나 슬픈 건지 네가 아니?

걱정하지 않아도 될 것 같은데?

어째서?

오늘 너 하는 거 보니까 박정화 언니가 다시 부를 것 같아.

그랬으면 좋겠지만 아닐 걸.

그랬으면 좋겠지만? 기가 막혀서 그런 문자를 보낸 인애 얼굴을 확인했더니 빈정거리거나 자조하는 듯한 기미는 전혀 없었다. 정말 알다가도 모를 아이였다. 나는 활활 타오르는 가슴 속 불길을 잡기 위해 손부채를 만들어 얼굴에 부치다가 도저히 안 되겠다 싶어 한 번 더 문자를 보냈다.

내가 너를 이해할 수 없는 건 한 번도 화라인이 되어본 적이 없어서일 테지?

그랬더니 이런 답이 날아왔다.

당근이지. 화라인 안에 들어오지 않고서는 화라인에 관해 똑바로 알 수 없어.

나는 약이 올랐다. 누군가의 은총을 입어본 이와 그렇지 않은 사람의 차이는 갑과 을의 관계보다 더 혹독한 것 같았다. 그러자 '나는 어떻게 해야 화라인에 등극할 수 있을까'라는 생각을 잠깐 했고 그런 생각을 했다는 사실 때문에 기분이 나빠졌다. 나는 아직 화라인이 아닌 게 분명하기 때문이다.

어쨌거나 인애 말을 참고해보면 화라인이 바로 〈걸걸한 보이스〉일 가능성이 높았다. 사실 이름은 중요하지 않았다. 그것을 뭐라고 부르든 상관없었다. 박정화 언니가 여왕인 세상이 명백히 존재한다는 사실이 중요하다.

〈걸걸한 보이스〉는 짱이지만 내가 이미 그 안에 들어와 있는 거라면?

그런 생각을 하자 윤호가 왜 교회방송을 나눠 하자고 했는지 의구심이 들었다. 아무래도 다음에 만나면 꼭 물어봐야 할 것 같았다.

약 15분 후에 3학년들끼리의 잘난 척도 얼추 마무리되어 다음 시간 번역자를 확인하고는 모임을 마쳤다. 박정화 언니는 같이 논쟁했던 3학년들과 뒷이야기를 주고받느라 우리한테는 신경도 쓰지 않았다. 그 틈을 타 동아리방을 빠져나오고 있는데 윤호가 저만치 걸어가는 게 보였다. 괜히 신경이 쓰여 일부러 화장실에 다녀왔더니 인애가 기다리지도 않고 먼저 가버린 뒤였다.

따돌려진 느낌으로 혼자 집으로 가고 있는데 지하철 근처 오뎅집 앞에 인애가 서 있는 게 보였다. 사촌동생인 진영이와 함께였으나 오뎅을 먹고 있지는 않았다. 대로변을 기웃기웃 하는 것으로 보아 누굴 기다리는 것 같았다. 인애는 얼굴에 미소를 짓고 있기는 한데 그게 자장 반 짬뽕 반처럼 기분이 좋다는 건지 나쁘다는 건지 좀 애매했다.

"이것 좀 봐."

인애가 박정화 언니에게서 온 문자라면서 자기 휴대폰을 보여주자 진영이는 그것을 큰소리로 읽었다.

"윤호하고 교회방송 해라. 대신 한두 달 후부터."

헐. 조금 떨어진 곳에서 듣고 있던 나는 깜짝 놀랐다. 본능적으로 몸을 숨겼다. 밤 열 시가 넘은 시간이었다.

"웃겨."

인애는 그렇게 빈정거리고 나더니 휴대폰을 가방에 넣었다. 한두 달 후에 인애가 방송을 한다는 것은 내가 잘린다는 뜻인가. 다리가 후들거렸다. 방송 다시는 안 하겠다고 결심한 게 엊그제 같은 데 이제는 절대 양보하고 싶지 않은 마음이 들었다. 인애가 끼어들어서는 아니었다. 이런 식으로 밀려나고 싶지 않았다. 나는 하라면 하고 그만두라면 얌전히 그만두는 그런 캐릭터는 싫다.

그때 진영이가 인애를 향해 이렇게 묻는 소리가 들렸다.

"언니가 방송 안 했으면 하는 건 박정화 언니가 윤호 오빠 장학금을 배려해서라는데?"

"야, 모르면 가만히나 있어. 그거 다 박 씨가 뺑치는 거야. 난 애초에 장학금은 안 건드리겠다고 말했었다고."

"그래? 그런데 왜 그런 소문이 났지?"

"그거야 박 씨가 자기 행동을 정당화시키려고 그러는 거지. 나에게 방송 못하게 하는 자기 행동이 옳다는 것을 선전하는 거야. 아, 진짜 야비해."

"근데 언니는 왜 그렇게 교회방송을 하려고 해?"

"그럴 만한 사정이 있어."

"뭔데?"

"애들은 몰라도 된다."

"핏."

그때 차도에서 빵빵거리는 소리가 들렸고 두 사람은 후다닥 달려가 자가용에 올라탔다. 차창으로 인애 엄마의 얼굴이 보였다.

나는 어이가 없어 한참 동안 그 자리에서 서성거렸다. 박정화 언니를 과감하게 박 씨라고 잘라 말하는 인애의 배짱이 샘이 나면서도 왜 자꾸 내가 꿰차고 앉은 방송실을 접수하려고 하는지 이해가 안 갔다. 박정화 언니를 욕하면서도 왜 화라인 안에 있으려는지는 더 미스터리했다.

집으로 돌아와 내 방으로 들어간 다음 휴대폰을 열고 윤호 번호를 노려보았다. 내가 이 문제를 가지고 의논할 수 있는 대상은 윤호뿐이었다. 수연이한테도 할 수 있는 이야기가 없었다. 나는 아주 고독한 지경에 놓인 것이다.

하지만 윤호와 전화통화를 시도하자니 께름칙했다. 문자나 톡 이외에는 연락해본 적이 없었다. 그렇다고 내일 학교 점심시간까지 기다리는 건 못할 것 같았다. 수습을 하든 매듭을 짓든 오늘 안으로 교회방송에 관해 정리하지 않으면 잠을 잘 수 없을 것 같았다.

씻기 위해 화장실에 들어갔을 때 아빠가 대변을 봐놓고 물을 내리지 않았다는 것을 알았다. 안 그래도 기분이 꿀꿀하던 참이라 창문을 열고 난리를 치면서 집안을 왔다 갔다 했다. 소란을 피우면서도 이건 그 어떤 타이밍을 지연시키거나 없애기 위한 것이라는 생각을 했다. 얼른 자정이 되어서 윤호한테 전화를 하고 싶어도 할 수 없는 상황이 되었으면 했다.

"너 열 번 그럴 때 나 딱 한 번 그런 거다."

아빠는 억울해하면서 같이 소리를 질렀다. 잠시 뒤에 할머니가 전화를 걸어오는 바람에 싸움은 유야무야되었다.

아빠가 말하는 소리가 들렸다.

"아직도 안 주무신 거예요? 아이 그건 걱정 마시라니까요. 우리 교회에 이야기하면 많이 도와주실 거예요. 네, 네. 우선 교회하고 형네 마을조합 정도에다가 말을 넣고 주문을 받아보는 것으로 하죠, 뭐."

그러는 사이 다 씻고 내 방으로 들어가 로션을 바른 다음 폰을 열었더니 윤호로부터 톡이 들어와 있었다.

너무 늦은 시간이지? 쏘리하다. 박정화 누님이 한 달쯤 후에는 교회방송을 인애와 함께 진행하라는 문자를 보내서.

시간을 확인했더니 8분 전에 온 내용이었다. 나는 재빨리 답을 보냈다.

그래서? 어떡할 건데?

이미 너하고 진행하고 있고 잘되는 중이잖아. 다만 너한테 정식으로 의사를 물어보려고 대답을 미뤘어. 사실 난 앞으로도 너하고 계속 했으면 하거든. 넌 괜찮아?

어, 그래 뭐. 싫지는 않아.

거기까지 썼다가 '싫지는 않아'를 '나쁘지는 않아'로 바꿨고 그것도 뭔가 이상한 것 같아 아예 빼고 나서 전송 버튼을 눌렀다. 윤호는 알았다고 했다.

휴대폰을 닫았지만 마지막 대답이 마음에 걸렸다. 윤호가 나에게 방송을 같이 하자고 했던 것은 윤호 혼자의 의견이었나? 그걸 박정화 언니가 묵인했던 것일까. 아니면 처음부터 철저히 박정화 언니의 계획 아래 이루어진 일일까. 그러다가 어느 순간 나는 수연이와 인애가 말한 '그림'이라는 말을 어렴풋이 이해했다는 것을 알았다. 나라는 사람이 방송실에 앉아 있는 그림을 떠올리자 매우 쉬운 문제처럼 여겨졌다. 그랬다. 나는 이미 누군가의 그림 속에 들어와 있었다. 방송실 의자에 다소곳이 앉아 시키는 대로 시규어 로스를 트는 여자애. 도대체 여기는 누가 구상한 세계인가. 이 그림은 누구의 스케치란 말인가.

나는 윤호 톡을 열고 글자를 쳤다.

날더러 방송에 참여하라고 한 건 처음부터 네 생각이었니?

읽어보니 지나치게 정곡을 찌르는 느낌이어서 전송 버튼을 누를 수가 없었다. 게다가 알게 모르게 은밀한 느낌도 묻어 있는 것 같았다.

문자를 보내는 대신 그동안 윤호와 나누었던 대화를 살펴보았다. 교회방송에 대해 내가 정확히 뭐라고 했는지 궁금했기 때문이다. 다행히 그동안 나누었던 톡이나 문자에 교회방송을 안 하겠다고 한 부분은 발견되지 않았다. 학교 점심시간에 만났을 때 그런 의사를 전한 기억도 없었다.

본의 아니게 방송을 계속하게 되었네. 너 이제 어쩔 거야?

침대에 누워 내가 나에게 그런 질문을 하다가 잠이 들었다.

수요일 점심시간에 식당에서 윤호를 만났다. 가급적 피하려고 했지만 같은 학교다 보니 어쩔 수 없이 마주 친 것이었다.

나는 걱정스럽다며 먼저 마음을 털어놓았다.

"박정화 언니가 인애하고 진행하라고 시키는 건데 모른 척해도 뒤탈이 없겠냐?"

"네 생각이 중요한 거지. 넌 이미 내 도움 없이도 혼자서 방송을 감당해 봤잖아. 그게 얼마나 대단한 건데."

"그래도……."

"야, 교회방송은 내가 알아서 해야 하는 내 역할이야. 도대체 뭐가 문제야?"

"그러다가 박정화 언니가 열 받아서 어흥, 하면?"

나는 양손을 이용해 호랑이가 포효하는 자세를 취했다.

"그럴 리 없어. 누님이 이해심이 얼마나 많은 사람인데."

"그래?"

"너 보면 은근히 박정화 누님을 안 좋게 생각하는 것 같더라. 그러지 마."

"안 좋게 생각하기는 누가 안 좋게 생각한다고 그래."

나는 당황해서 버럭 소리를 질렀고 그런 내 자신이 어색한 것 같아 나도 모르게 엉뚱한 소리를 늘어놓았다.

"인애가 방송을 하고 싶어하니까 마음에 걸리기도 하고. 나 인애랑 무지 친하잖아."

"그래서 인애를 위해 양보하기라도 하겠다는 거야?"

"아니 뭐……."

"난 남을 위해서라는 그 변명처럼 위선적인 게 없다고 봐. 그냥 꼬지 말고 솔직하게 네 마음에 따라 움직여. 그래야만 현실적인 해결방법이 나오는 거야. 알고 보면 누굴 위한다는 식의 쥐도 안 물어갈 그런 태도가 이 세상의 문제를 절반 이상 왜곡하는 거라고."

우씨. 내가 뭘 잘못했다고. 갑자기 흥분해서 설교조로 나오는 윤호가 이해되지 않았고 한편으로는 무섭기까지 했다. 무슨 말이든 대응하는 태도를 보여야 할 것 같아 입을 열기는 했는데 그게 또 한참 엇나간 버전이었다.

"사실은 말이야……. 인애가 너 좋아하는 것 같아."

"그게 무슨 소리야?"

윤호가 더더욱 정색을 했다.

"무슨 소리긴. 말 그대로지. 인애는 네가 교회방송을 하니까 자기도 하고 싶은 것 같아."

"그래서?"

"그래서는 뭐, 그렇다는 거지."

"인애는 그렇다고 쳐. 하지만 네가 왜 나한테 그런 소리를 하냐고?"

윤호는 밥을 한 숟가락 떠 입에 넣고 반찬을 하나씩 집어넣는 동작을 반복하면서 꼬치꼬치 따졌다. 표정이나 말투에 빈틈이 없었고 왠지 모르게 엄격한 선생님이나 목사님을 떠오르게 했다. 하, 정말 만만치 않은 녀석이네.

"친구니까. 인애를 잘 아니까 하는 이야기지."

"친구면 더 주의해야지. 말이라는 게 아 다르고 어 다르다고도 하지만 우리는 이미 수요일에 오시는 하느님을 통해 말이 사람에서 사람으로 전달되면서 어떤 변형을 겪는지 알게 되었잖아. 네가 뭐라고 남의 생각이나 마음까지 대신 전달하냐? 건방지게."

뭐 건방지게? 열이 확 솟구치는 바람에 손부채를 만들어 얼굴을 식혔다. 하지만 역부족이었다. 생각해보면 윤호가 아주 틀린 말을 한 건 아니었다. 인애가 윤호 너를 좋아하는 것 같다는 나의 말도 계획적인 것은 아니었다. 그저 어쩌다 보니 나온 말이었다. 그런데 그걸 가지고 정색을 하는 것도 모자라 건방지다며 비난까지 하다니. 어떻게 해야 그 말을 취소시킬 수 있을까. 인애도 그렇고 애들이 하나같이 왜 이렇게 똑부러지는 것일까. 나는 왜 번번이 욕만 먹고 사나.

나는 울먹이는 느낌을 주지 않도록 조심해가면서 말했다.

"그렇다고 건방지다는 건 뭐야. 기분 나쁘게."

"기분 나빴어?"

"그럼 기분 좋았겠냐?"

나는 와락 자리에서 일어났다. 윤호는 앉은 자세로 꿈쩍도 않고 이렇게 말했다.

"밥은 다 먹고 가."

"아, 씨."

"앉아."

아, 이게 웬 치욕일까. 앉으란다고 나는 또 병신 같이 자리에 눌러앉아버리는 게 아닌가. 게다가 나도 모르는 사이 내 손은 숟가락까지 들고 있었다. 마치 남은 밥을 입안에 밀어 넣기라도 하겠다는 듯이. 정신을 차린 나는 뜨거운 물건을 떨어뜨리듯 숟가락을 다시 내려놓았다. 그랬더니 약간 자존심이 회복되는 느낌이었다.

밥은 절대로 더 안 먹을 거거든.

속으로만 생각하며 손부채를 계속 부쳤다.

"인애가 그런 마음을 가지고 있다고 하더라도 상관하지 마. 그걸 재산처럼 잘 굴려서 나중에 집을 사든 땅을 사든 걔가 알아서 하겠지."

"집을 사고 땅을 산다고?"

윤호의 말법은 갈수록 따라잡기 힘들었다. 어쩌면 내가 바보 멍청이여서 그럴 수도 있을 것이다. 우리 담임이 농담 삼아 성적이 나쁜 아이더러 우리 학교의 군더더기라고 한 적이 있는데 내가 딱 그런 느낌이다. 여기서도 군더더기, 저기서도 군더더기. 우웩!

옆자리 친구가 밥을 다 먹고 식판을 반납하러 갈 때 나도 따라 움직였다. 윤호가 어떻게 손 쓸 틈이 없도록 재빨리 행동하여 퇴식구에 모두 반납하고 났더니 뿌듯했다. 승리감 같기도 하고 해방감 같기도 한 감정을 즐기며 식수대에서 컵을 꺼내는데 윤호가 자기 것도 달라고 했다.

"네가 꺼내."

그렇게 구박을 하고 물을 마신 다음 식당 밖으로 나왔을 때 윤호는 어느새 또 옆에 서 있었다.

"우리 저기 도서관 쪽으로 들어가서 복도를 한 바퀴 돌아 각자의 교실로 가자. 데이트하는 기분일 거야."

"데이트 같은 소리 하네."

"우리가 나란히 걸으면 그게 데이트지, 데이트가 별거냐."

"난 돌아가는 거 싫거든."

"데이트는 좋은데 돌아가는 게 싫으면 그냥 여기서 바로 올라가자."

"그게 아니라……."

"그럼, 돌아가자."

"아우."

화를 내려고 입술을 비틀고 고개를 한 바퀴 돌렸더니 윤호가 짓궂은 표정으로 내 팔뚝을 쥐고 잡아끌었다. 할 수 없이 윤호를 따라 건물 뒤로 돌아갔다. 그때 나도 모르게 내 입이 또 터졌다.

"윤호야."

"응."

"넌 왜 데이트니 뭐니 그런 말까지 하면서 날 놀리냐. 그럼 재미있어?"

"놀리는 거 아닌데."

윤호가 놀란 듯 걸음을 멈추었다.

"놀리는 게 아니면 이게 뭐냐고?"

"뭐긴 데이트지. 너 나하고 사귀는 거 아니었어?"

"뭐?"

"어, 아니야? 난 그런 줄 알았는데."

"아우, 너 진짜 심각하다."

그러자 윤호가 정말 심각한 표정을 지었다. 실망한 듯한 눈치였는데 그것만은 장난도 아니고 놀리는 것도 아닌 진심 같았다. 갑자기 당황스러워진 것은 이제 나였다. 절대로 사과를 안 하는 어떤 꼴통 같은 애한테 사과하라며 길길이 날뛰고 있는데 갑자기 그 애가 미안하다며 정중히 고개까지 숙인다면 갑자기 어색해져버리지 않을까. 그런 어색함을 감당해야 하는 순간은 언제나 부담스럽다. 나는 발걸음을 옮기면서 교복 상의에 붙은 작은 주머니에다 양손을 찔러 넣었는데 그 안에서 뭔가 잡히기에 무심코 꺼냈더니 며칠 전에 작성해 놓은 계산서가 나왔다. 미리 준비라도 한 듯 나는 그것을 윤호한테 내밀었다. 그러고는 "자, 선물."이라면서 일부러 말투를 가볍게 했다. 하지만 윤호는 역시 윤호여서 그걸 쳐다보지도 않고 집중력 있게 나를 압박했다.

"심각하긴 네가 더 심각한 것 같은데. 너한테 정식으로 물어볼게. 우리 교회 방송실에서 만나고 서로 문자 주고받고, 그거 사귀는 과정 아니었어?"

"어, 뭐……."

"얼버무리지 말고 똑 바로 말해라. 나 지금 화나려고 하거든."

"아, 진짜."

"대답해보라니까."

"야!"

밀리고 밀리다가 더 이상 밀릴 데가 없다고 판단한 나는 공격하는 자세로 돌아섰다. 뿐만 아니라 그때까지 쌓인 감정을 한꺼번에 쏟아놓았다.

"사귀는 거면 사귀는 거라고 말을 해야지, 너 혼자 사귀는 거라고 생각하면 사귀는 사이가 되냐? 우리 사귀자, 그래, 좋다, 이런 확인하고 선언하는 과정이 있어야 남친이 되고 여친이 되는 거, 너 몰라? 네가 진짜 그럴 마음이 있었으면 그렇다고 말부터 했어야지."

"선언은 무슨. 우리가 독립군이냐? 선언하게?"

"아 또 독립은 어디서 나온 말이야? 너 진짜 말 희한하게 한다."

"선언, 하면 미국의 독립선언서잖아."

"헐."

너무 기가 막히다 보니 화를 내야 할 타이밍인데도 피식, 웃고 말았다. 윤호는 보기와는 달리 뭐랄까, 좀 구제불능이었다. 생각의 끈이 나와는 전혀 다른 것에 연결되어 있는 것 같았다. 사귀자고 말해야 한다는 것이 선언을 거치면서 미국의 독립선언서가 되어 내게로 되돌아오다니, 완전히 개콘이나 웃찾사에 나오고도 남을 소리가 아닌가. 나는 한숨을 크게 한 번 내뱉었다. 이러한 가운데서도 이야기를 풀어나가야 하고 뭔가 매듭을 지어야 한다는 생각이 든 것이다. 그래야만 사귀는 사이라는 말까지 나온 우리 사이가 더 이상 비틀리지 않을 테니까. 나는 잠깐 생각하다가 이렇게 운을 뗐다.

"너의 독립선언서는 인애의 셰익스피어만큼이나 엉뚱해. 너희는 왜들 미국 아니면 영국이냐? 미국이나 영국 가본 적이나 있어? 진짜 이해가 안 간다."

"넌 가봤냐?"

"안 가봤다."

"앞으로 가볼 생각은 없냐?"

"생각 안 해봤다."

"그럼 지금부터라도 생각해보든지."

"왜 그래야 하냐?"

"난 가볼 거니까."

"난 관심 없으니까 너나 잘 다녀와라."

말싸움 같은 대화는 일단 거기서 멈추었다. 도서관 쪽 계단에 도착하기도 했지만 윤호가 갑자기 날더러 뭘 전공할 거냐고 물었기 때문이다.

"그건 왜?"

"난 영문학 전공할 거거든."

"영문학? 윽, 재미없어."

그랬더니 윤호는 갑자기 이렇게 물었다.

"그럼, 넌 수요일에 오시는 하느님에 왜 들어온 거야?"

"수요일에 오시는 하느님하고 영문학 전공이 무슨 상관인데?"

"거기서 공부하는 애들 중에는 영문학 쪽으로 진학할 애들 많아. 아니라면 굳이 시간 내서 수요일마다 교회 올 일 있을까."

"아, 그래?"

"작년에는 수요일에 오시는 하느님에서 셰익스피어 작품도 읽고 독립선언서, 빌게이츠 연설문 같은 거 같이 읽었는데."

나는 기가 막혀 잠시 호흡을 가다듬었다. 수연이가 〈수요일에 오시는 하느님〉이 〈걸걸한 보이스〉라고 말해준 이후 줄곧 그런 문제만 파고들었는데 이건 또 웬 난데없는 나뭇가지인가 싶었던 것이다. 아무리 사람 마음이 다 다르다지만 〈수요일에 오시는 하느님〉은 하나인데 그걸 생각하고 바라보는 안경이 이토록 여러 개일 수 있나. 나는 결심을 다지듯 윤호 몰래 주먹을 쥐었다. 그리고 조심스럽게 이야기를 꺼냈다.

"나 너한테 뭐 하나 물어봐도 돼?"

"얼마든지."

"혹시 걸걸한 보이스라고 들어봤냐?"

"걸걸한 보이스? 그게 뭐야?"

"진짜 몰라?"

"진짜, 라니 뭐 그런 말이 다 있어?"

"그 왜 수요일에 오시는 하느님에 들어가면 성경 공부도 되고 영어 공부도 되지만 걸과 보이가 서로서로 이렇게 된다, 뭐 그런 거."

나는 양손의 검지를 서로 연결시키는 시늉을 해보였다. 윤호가 마침내 아하, 하면서 손뼉을 쳤다.

"girl&boy 말이구나? 나도 들어는 봤어."

"girl&boy? 그건 또 뭐야?"

우리는 각자가 알고 있는, 이름이 다른 그것에 관해 잠깐 이야기를 나누면서 의미를 맞추어보았다. 윤호가 말하는 〈girl&boy〉와 〈걸걸한 보이스〉는 같으면서도 다른 것 같았다. 남친과 여친을 필요로 하는 소년과 소녀의 모임이라는 것은 비슷했지만 그것이 〈수요일에 오시는 하느님〉 안의 문제라는 것에서는 서로 알고 있는 내용이 달랐다. 윤호는 〈girl&boy〉를 그냥 '우리 교회에 들어오면 자연스럽게 형성되는 분위기'로 이해하고 있는 정도였다. 내가 그것을 〈수요일에 오시는 하느님〉과 연결시키려 하자 어불성설이라는 말까지 했다.

"수요일에 오시는 하느님은 영문학과에 진학하기를 희망하는 아이들이 주로 모여드는 곳이야. 미래를 준비하는 색다른 공부모임이라고."

"음……. 내가 보기에는 수요일에 오시는 하느님이 걸걸한 보이스 같은데?"

"아니야. 그럴 리가 없어."

윤호는 헛웃음을 날리면서 정신차리라고까지 말했다. 받아들이기 힘들었던 나는 윤호 눈을 골똘히 살펴보았다. 거짓말하는 것 같지는 않았다. 하지만 달리 생각할 수 없는 일이 아닌

가. 윤호는 지금 거짓말을 하고 있어야 한다. 그래야 말이 된다. 악의는 아니지만 보안이나 규칙을 준수하기 위해 시치미를 떼는 그런 종류의 거짓말 말이다. 나는 포기하지 않고 윤호를 다시 건물 뒤편으로 데리고 갔다.

"난 솔직한 네 이야기를 듣고 싶어."

"난 너한테 언제나 솔직해왔어. 앞으로도 그럴 거고."

"어휴."

"어휴는 뭐가 어휴야. 수요일에 오시는 하느님이 걸걸한 보이스라는 것은 헛소문이고 누군가의 착각일 뿐이야. 어떤 애들이 수요일에 오시는 하느님을 그렇게 이해하고 바라볼 수는 있다고 봐. 생각하기 나름인 거지. 학교를 재미있는 수학을 공부하는 곳이라고 생각하는 학생이 있는 반면에 감옥이라고 잘라 말하는 학생도 있을 수 있잖아. 중요한 건 남들이 수요일에 오시는 하느님에 붙인 수식어가 아니라 내 자신의 생각이라고 봐. 수요일에 오시는 하느님을 뭐라고 믿고 있고 거기서 뭘 원하느냐 같은 거."

나는 선뜻 말을 이어갈 수가 없었다. 윤호의 목소리, 눈망울은 투명하기 이를 데 없었다. 거짓말은커녕 〈수요일에 오시는 하느님〉에 대한 자기만의 밑그림을 고백하고 있는 것이었다. 이야기가 잘못 진행되면 오직 〈걸걸한 보이스〉에 대한 욕심 때문에 〈수요일에 오시는 하느님〉에 들어왔다는 극비의 내 속

사정까지 발설할 가능성마저 있었다. 나는 후회하는 심정으로 손을 털면서 됐다, 됐어 하고 외쳤다. 내가 손을 흔들며 잘 가라고 할 참인데 윤호가 나를 얼른 붙잡았다.

"하던 이야기는 마저 해야지."

"뭐?"

"우리 사귀는 거 맞지?"

나는 한숨을 푹푹 내쉬었다. 오랫동안 꿈꿔온 순간인데 왜 하나도 기쁘지 않고 하나도 설레지 않는 걸까. 마치 시험을 앞두고 너 영어 공부 먼저 할래 수학 공부 먼저 할래, 하는 질문을 받은 것 같았다. 게다가 쓰레기들이 굴러다니는 학교 건물 뒤편에서는 그 어떤 낭만도 기대할 수 없었다. 나는 이미 체념적인 절망감에 휩싸여 있었다.

"그럼, 정식으로 말해봐. 우리 사귀는 거 맞지, 가 아니라 지금부터 우리 사귀자, 그런 식으로."

"그, 그건……."

"왜? 싫어?"

"싫은 게 아니라 이상하잖아. 뭔가 내가 생각하는 것 이상을 강요 당하는 느낌이 들어."

"네가 생각하는 건 뭔데?"

"그냥……. 난 사귀는 듯 안 사귀는 듯 티 안 나는 그런 게 편하고 좋아."

순간 윤호와 나의 눈이 마주쳤다. 지금까지 윤호에 대해 이상하다고 느낀 것은 뭐 저런 애가 다 있냐는 식의 실망보다는 신기하다는 것에 가까웠다. 윤호를 잘 모르니까 더 알고 싶었다. 그런데 이미 사귀고 있는 거 아니었냐는 말을 들었을 때 왠지 모르게 나는 김이 샌 것 같았다. 한 마디로 '의미 없다' 같은 그런 느낌. 말도 안 되는 이야기 같지만 그건 내가 원하는 게 아닌 것 같았다. 내가 원하는 게 무엇인지는 아직 잘 설명할 수 없지만 말이다.

"알았어."

좀 애매해도 나로서는 그렇게밖에는 대답하기가 어려웠다. 그런데 윤호는 그런 내 말을 어떻게 이해한 건지 기쁜 표정으로 고개를 끄덕이더니 갑자기 내가 건네준 쪽지인 계산서를 펴서 읽었다.

구두 수선비 : 10,000원

교복 세탁비 : 7,000원(+3,000원)

총액 = 17,000원 + α

계산서를 같이 들여다보고 있던 나는 교복 세탁비에 관해 보충적으로 설명했다.

"그 아저씨가 막 화를 내면서 나를 다그쳤단 말이야. 세탁물

그거 방송실에서 맡긴 거라고 하면서. 게다가 만 원짜리를 내밀었더니 잔돈 없냐며 호통을 치는 바람에 마음과는 달리 그냥 됐다고 해버렸다고. 7천 원 줘야 할 돈을 만 원 준 건 내 잘못이라고 쳐. 하지만 교복 세탁비 7천 원과 구두 수선비 만 원을 내가 물어야 하는 것은 아주 부당하다고 생각해. 난 네가 방송실로 오라고 해서 갔다가 구두 수선비를 내게 되었고 너 대신 방송하기 위해 혼자 방송실에 있다가 교복 세탁비 만 원을 지불하고 말았어."

"그래서?"

"그래서라니, 내가 왜 그 돈을 물어야 하는데?"

"넌 그 돈을 물어야 할 필요가 없었어."

"무슨 소리야, 너도 당해봤잖아?"

"그 아저씨들이 청구한 게 부당하다면 끝까지 아니라고 말하고 돈을 주지 말았어야지. 구두 수선비도 그렇고 교복 세탁비도 그렇고, 네가 줘야 할 이유가 없는데도 넌 쫓기는 사람처럼 주머니에서 돈을 꺼내 전달했어. 그렇게 하기로 선택한 건 바로 너라고. 그런데 그걸 왜 나한테 공동책임을 지우려고 하는 건데?"

"아, 너 진짜 사람 완전 힘들게 한다."

"뭐?"

"구두닦이 아저씨가 구두 가져온 그날, 방송실에 나 없이 너 혼자 있었다고 쳐봐. 너는 그 아저씨를 혼자 버티고 감당할 수 있었을 것 같아?"

"당연하지. 난 이미 그렇게 했어."

"무슨 소리야?"

"지난 주 일요일 나 혼자 방송하는데 이번에는 세탁 아저씨가 여학생 치마를 가져왔더라. 세탁비가 5천 원이라면서. 난 끝까지 타협 안 했어. 내 것도 아니고 내가 맡긴 것도 아니며 내가 책임져야 할 것이 아니라고 판단했기 때문이지. 그랬더니 그 아저씨가 그럼 일단 받아만 놓고 돈은 다음에 달라더라. 난 그것도 싫다고 하면서 돌려보냈어. 그런데 나중에 봤더니 방송실 문 바깥 손잡이에 걸어놓고 갔더라고. 할 수 없이 안으로 들여와 벽에 걸어두긴 했어. 네가 교복 윗도리 걸어둔 바로 그 자리에."

"그 아저씨들 도대체 뭐야?"

"그러니까."

그 대목에서 나는 잠깐 방향을 잃고 말았다. 계산서를 가지고 돈을 받아내려던 계획을 까먹고 만 것이다. 그만큼 여학생 구두와 교복 상의 하의는 이상했다. 약속이나 한 듯이 돈을 받아내려 한 것도 미심쩍었다.

"혹시 신종 사기 아닐까?"

"글쎄. 금액이 적긴 하지만 그럴 수도 있지. 다음부터는 조심하자.”

“그래.”

우리는 도서관 쪽 입구에 이르렀고 맥락을 다시 회복한 나는 센 목소리로 위장한 채 말했다.

“그래도 돈은 네가 물어야 해. 아님 반반이라도. 난 너무 억울하단 말이야.”

“난 싫은데.”

윤호가 단호하게 받아쳤다. 그러면서도 내가 작성해서 건넨 계산서를 단정하게 접더니 바지 뒷주머니에서 지갑을 꺼내 그 안에 집어넣으려고 했다. 그때 나는 윤호 지갑에 끼워진 사진을 발견하였고 나도 모르게 쏙 잡아 빼서 들여다보았다. 가족사진이었다. 성격 좋은 아저씨 아줌마와 중고등학교 교복을 갖춰 입은 두 아이가 앉아 있었다. 내 시선은 윤호 누나로 보이는 통통한 여학생에게 가서 멈추었다. 교복의 분위기가 눈에 띄었다. 인근에서는 본 적이 없는 옷이었다. 게다가 분명히 사진관에서 찍었을 텐데 누나의 무릎 위에는 빨간 우산이 놓여 있었고 두 손이 그것을 슬그머니 쥐고 있었다. 우산은 접은 것인데도 사이즈가 꽤 큰 것처럼 느껴졌다. 뭔지 표현은 불가능하지만 눈을 떼기가 어려웠다. 우산 색깔이 사진의 분위기를 묘하게 뒤틀고 있는 것 같기도 하고 시선을 턱없이 집중시키는 것 같기도 했다.

"이리 내."

윤호가 사진을 빼앗아 얼른 지갑 속에 집어넣고는 주머니로 감추었다. 힐끗 얼굴을 쳐다봤더니 분위기가 침체되어 있었다. 화난 것 같기도 했다. 더 말을 걸기가 부담스러워 나는 그냥 돌아서면서 "잘 가." 하고 말았다.

"일요일 예배시간에 보자."

윤호가 말했다. 나는 안도감을 느끼면서 우리 교실로 뛰어갔다.

나가기 (ESC)

나가기 (ESC)

일요일이 다가오자 마음이 불안해졌다. 내일도 어떤 아저씨가 이상한 거 들고 와 세탁비니 수선비니 하면서 돈을 달라고 할까. 세탁 아저씨가 눈을 부릅뜨고 "이게 학생 옷이 아니란 말이야?"라며 들이대던 걸 떠올리면 화가 나는 게 아니라 소름이 끼친다. 만약 그런 일이 또 일어난다면 벌써 네 번째가 된다. 아무리 따져봐도 괜한 걱정이 아니었다. 현실적인 걱정이었고 도움이 필요할 수도 있는 일이었다. 그런데 윤호는 그런 건 스스로 해결해야 한다는 식이다. 어떻게 해야 할까.

이번 주 〈수요일에 오시는 하느님〉 모임이 끝나고 나서 박정화 언니에게 구두와 교복에 관해 보고하듯이 모든 걸 말해 놓기는 했다. 박정화 언니도 관심을 가지고 자세히 들어주었다. 지나친 생각이라는 핀잔도 잊지 않았다.

"방송실은 거의 오픈되다시피 한 곳인데 거기서 나쁜 일이 일어난다고는 생각할 수 없는 거잖아. 중요한 건 네 마음인 것 같아. 마음속에 공포를 가지고 있으면 하느님 앞에서도 벌벌 떨게 되어 있는 게 사람이야. 평정심을 찾아. 아무 일도 아니고 아무 일도 일어나지 않을 거야."

나는 고개를 끄덕이기는 했지만 안심이 되지는 않았다. 다만 박정화 언니 역시 뾰족한 수가 있는 것은 아니고 특별한 대안을 만들어야 할 입장도 아니라는 것은 인정하고 받아들였다. 그 때문에 어떻게든 혼자 해결하고 혼자 이겨낼 생각이었다.

너무 힘들면 너 대신 인애한테 방송하라고 할까.

박정화 언니가 그렇게 말할까 봐 두려운 것도 있었다. 그건 왠지 용납이 안 된다. 나도 내가 왜 그러는지는 알 수 없었다. 인애가 싫은 것도 아니고 상처를 주고 싶지도 않았다. 인애는 여전히 다정한 느낌을 주는 친구지만 그 애한테 방송실을 양보하기는 싫다. 그런 탓인지 박정화 언니에게 마음을 털어놓는 순간 내가 이렇게 괜한 하소연을 하면 안 되는데, 하는 자괴감이 있었다. 박정화 언니가 도움을 주기로 약속했을 때는 얼마나 고마웠는지 모른다.

"그 구두를 네가 신고 교복도 직접 입어봐. 그런 다음 그걸 사진으로 찍어서 나한테 보내. 내가 누구 것이며 어떻게 된 일인지 두루두루 알아볼게. 마음 같아서는 일요일에 내가 직접 방송실로 가서 그 작자들을 상대하고 싶지만 너도 알다시피 나 곧 콩쿨대회 있잖아. 준비도 하고 연습도 해야 하는데 집이 교회 바로 옆에 있는 것도 아니고. 너한테는 정말 미안하다."

그 순간 눈물이 핑 돌았다. 고여서 흘러내리지 않았을 뿐이다. 그뿐이 아니었다. 박정화 언니가 "아이구, 이렇게 연약하고 예쁜 우리 태순이가 얼마나 놀랐을까?" 하면서 머리를 쓰다듬을 때는 솔직히 무릎을 꿇어서라도 '화라인' 시켜달라고 할까, 하는 생각도 안 한 건 아니었다. 따뜻하게 말할 때의 박정화 언니는 그만큼 믿음이 가고 진실해 보였다.

나는 휴대폰을 열어 문자를 쳤다.

언니, 저 내일 진짜 걱정돼요.

좀 칭얼거리는 느낌이긴 하지만 그렇다고 달리 하소연할 데도 없는 일이고 보면 이렇게라도 마음을 가다듬을 필요가 있었다. 나는 박정화 언니가 알아주리라 믿으며 과감하게 전송버튼을 눌렀다. 답은 즉시 왔다.

아이구, 우리 태순이 그것 때문에 잠도 못 자고 있구나.

완전히 우쭈쭈 하는 느낌이었다. 그러고 보니 벌써 자정이 넘었다. 나는 그냥 ㅠㅠ 라고만 쳐서 답을 보냈다. 다시 문자가 왔다.

걱정 마. 내가 조처를 해뒀어.

어떻게요?

방송실 바로 건너편이 세미나실이잖아. 내가 아는 대학생 오빠가 내일 거기서 동아리 선포식을 한다고 해서 내가 방송실 좀 신경써달라고 했어. 자주 가보겠대. 그러니까 마음 놓고 푹 자.

고마워요, 언니.

그때 왜 그랬을까. 믿지 않았던 것도 아닌데 나는 이런 글자를 치고 말았다.

혹시 그 오빠 전화번호 좀 찍어줄 수 있어요?

왜?

저도 미리 문자로 부탁해놓으려구요. 인사도 하고요 ㅎ

그러자 박정화 언니가 충격 받았다는 표정의 자그마한 이모티콘을 섞어 이런 답을 보냈다.

너 진짜 웃긴다.

뭐가요?

네가 애냐? 아무것도 아닌 일 가지고 무섭다고 난리 치기에 상대해줬더니 이젠 뭐? 대학생 오빠 폰 번호 가르쳐달라고? 너 되게 이상한 거 아니?

진짜 무서워서 그런단 말이에요.

이후로는 답이 없었다. 할 수 없이 혀를 날름 내밀고는 전화기를 덮었다.

자다 깨다를 반복하면서 악몽을 꾸기도 했지만 어쨌거나 제시간에 일어났다. 오전 8시쯤 휴대폰을 확인했더니 박정화 언니의 문자가 와 있었다.

1시 30분까지 사진 찍어서 문자로 보내라. 꼭이다. 알았지?

1시 30분이라면 방송 도중이었다. 그때까지 누구의 것이며 어느 학교 것인지도 모르는 구두와 교복을 입은 다음 사진을 찍어서 보내라는 이야기였다. 나는 전화기에 대고 콧방귀를 팽 뀌고 나서 네, 하고 답을 보냈다. 글자 뒤에 웃는 모습이나 이모티콘 같은 것은 일부러 붙이지 않았다.

샌드위치 반개와 우유 한 잔을 마시고 부랴부랴 교회 방송실로 갔다가 깜짝 놀랐다. 윤호가 와 있었던 것이다. 너무 반갑고 기뻐서 윤호의 팔뚝을 잡고 펄쩍펄쩍 뛰면서 요란하게 인사를 했다.

"웬일! 웬일!"

그러자 윤호가 좀 으스대는 것 같은 투로 말했다.

"야, 그럼 내가 끝까지 모른 척 할 줄 알았냐?"

"어쭈구리."

"어쭈구리라니 그건 너구리 사촌이냐?"

"헐!"

마음이 편안해진 나는 난로를 켜고 책상 위를 정리했다. 그때 윤호가 박정화 누님이 너 사진 찍어주라고 부탁한 것도 있고, 하면서 갑자기 나타난 이유를 실토했다.

"그러면 그렇지."

그러다가 벽에 걸려 있는 교복을 발견했다. 옷걸이를 내려 치마부터 끌러보았는데 역시 알 수 없는 학교의 교복 치마였다. 교복을 만지작만지작 하는 사이 불안감이 되살아났다. 나는 윤호를 꽉 붙들고 싶었다.

"끝날 때까지 있을 거지?"

"응. 네가 자꾸 무섭다고 하니까 당분간은 둘이 같이 방송하자."

"와, 정말? 나 막 고마워지려고 해."

"넌 고마움 같은 거 모르는 애잖아."

"뭐래!"

약 5분 가량 여유가 있었다. 화장실에 다녀왔더니 총무실에서 내려온 사람이 윤호와 머리를 맞대고 뭔가를 들여다보고 있었다.

"이거 오늘 앞뒤로 나눠서 두 번 방송해주면 고마울 것 같아. 아주 가난한 사람들이라더라. 이걸 팔아야 이 사람들이 재기할 수 있대."

"네, 걱정 마세요."

총무실 사람이 돌아가자 윤호가 오늘 첫 곡을 블루투스와 연결했다. 김윤아가 부르는 〈길〉이라는 곡으로 최근 드라마 OST로 사용되어 화제가 되었다. 박정화 언니가 제시한 목록에는 없었지만 내가 임의로 끼워 넣었다. 음악이 나가기 전 멘트는 내가 준비해온 것의 일부를 윤호가 맡아 했다. '신무한궤도'라는 블로그에서 업어온 내용을 단 몇 줄로만 메모해두었는데 그걸 보고도 윤호는 자기 이야기처럼 유창하게 해냈다. 심지어는 김윤아가 부른 〈길〉의 가사는 내가 적어놓지도 않았는데 낭독하듯이 몇 줄 읊기도 했다.

아무도 가르쳐주지 않아. 이 길이 옳은지 다른 길로 가야 할 지. 난 저 길 저 끝에 다다르면 멈추겠지. 끝이라면…….

마침내 첫 음악이 나가기 시작했다. 나는 총무실에서 가져온 메모지를 집어 들고 간단히 훑어보다가 소스라치고 말았다. 메모지에는 이렇게 적혀 있었다.

여러분들은 하루에 달걀을 몇 개쯤 드시나요? 한 개, 혹은 두 개? 전혀 안 드신다고요? 아, 그건 좋지 않을 수도 있습니다. 달걀에는 우리 몸에 필요한 영양소가 골고루 들어 있거든요.

오늘 우리 교회에서는 여러분들께 특별한 달걀을 소개해드리고자 합니다.

그러면서 단백질이니 비타민이니 하는 영양소가 나열되었다. 문제는 그 다음이었다.

설명할 때 활용하라고 붙여놓은 메모지 내용은 아주 장황했으나 간단히 요약하면 교인 중 한 명이 시골 농장에서 능구렁이만 먹여서 키운 토종닭이 낳은 달걀을 가져와 한 알에 백만 원에 판매하려고 하니 많이 도와달라는 것이었다. 자신들이 처한 가난한 사정과 전문 땅꾼이 부족한 탓에 능구렁이를 잡기 위해 얼마나 애를 썼는지에 대한 내용이 자세히 나와 있었다. 힐끗 윤호를 봤더니 역시 많이 놀란 눈치였다.

"와, 진짜. 말이 안 나온다."

우리는 감정을 나누듯이 동시에 소리쳤고 메모지를 내려놓았다. 그런 다음 블루투스와 연결이 되어 있지 않은 윤호 휴대폰으로 능구렁이를 검색했다. 징그러운 뱀 사진은 차마 볼 수가 없어 고개를 돌리고 말았다. 백과사전에는 한국 능구렁이의 경우 서식지 파괴와 무분별한 남획으로 개체수가 급격히 감소하고 있으며 시급한 보호 대책이 필요하다고 나와 있었다. 그때 내 휴대폰과 연결해놓은 음악이 끝났다. 나는 다음 곡으로 등려군의 〈첨밀밀〉과 〈월야대표아적심〉이라는 노래를 골랐다. 원래는 박정화 언니가 제시한 목록에 들어 있던 곡인데 나로서는 낯설고 좀 감상적인 멜로디라고 생각해 빼려고 하다가 엄마한테 들려주고 난 뒤 반응이 좋아 포함시킨 곡이었다. 이를테면 사오십대 어른들을 겨냥한 추억의 노래인 셈이다. 음악이 안전하게 흘러나오는 것을 확인하자 나는 윤호를 향해 돌아앉았다.

"난 이런 내용 방송 못해. 네가 해."

"나는 할 수 있을 거라고 생각하는 거야?"

"암튼 난 못해."

나는 도리질을 쳤다. 구두니 교복을 억지로 떠맡은 것만 해도 치가 떨리는데 도저히 내 입으로는 말할 수 없을 것 같은 내용을 선전하고 또 그것을 넘어 사람들에게 구입하라고까지 권하다니. 이번에는 절대 양보할 수 없다며 단단히 별렀다. 내가 주먹을 쥐고 결의를 다지는 모습을 훑어본 윤호는 한심하다는 표정이었다.

"태순아, 나도 못해. 이런 건."

"또 나한테 미루고 덮어씌우는 거야?"

윤호의 농간에 말려들어 '백만 원짜리 계란 사세요.'라는 방송을 하게 될까 봐 겁이 난 나는 벌떡 일어나 집에 가겠다고 호기를 부리면서 책상 위에 널려있는 내 소지품을 챙겼다. 윤호가 "미루고 덮어씌운다고?" 하면서 어이없다는 표정을 짓더니 일방적으로 나를 주저앉혔다. 그러고는 말했다.

"내가 세상에서 젤 나쁘다고 보는 건 사람이 다른 사람을 어떻게 하려고 하는 거거든. 그런데 지금 이 순간만은 널 정말 어떻게 해버리고 싶다. 진심으로."

"뭐야?"

나는 기가 막혀 아우, 아우, 하고 소리를 질러댔다. 윤호가 무슨 이야기를 하려고 하는지 귀담아 듣기보다는 또 당하지 않겠다는 생각만을 지나치게 앞세운 것이다. 그만큼 구두와 교복 때문에 스트레스를 많이 받았고 피해의식도 있었다. 내가 가겠다는 식으로 몸을 일으키자 이번에는 윤호가 앉은 채로 내 두 손을 확 움켜쥐었다.

"네가 할 수 없는 거라면 남한테도 하지 말자고 해야지, 넌 어떻게 된 애가 무조건 네 발부터 빼고 보자는 식이냐."

"내 발부터?"

나는 윤호 손을 확 뿌리쳤다.

"지금 네가 그렇잖아. 네 손에만 때를 안 묻히면 되는 문제야? 우리가 서로 그렇게 미루는 사이 세상 어느 곳에서는 비싼 달걀을 만들어 팔기 위해 구렁이를 잡는 일이 계속 되고 있을 거라고."

나는 갑자기 멀뚱해졌다. 왠지 뒤통수를 맞은 느낌이었다. 나는 메모지를 집어 들고 흔들었다.

"이거 총무실에서 방송하라고 한 건데 안 하면 안 되는 거잖아?"

"그런 게 어디 있어. 이런 건 방송하면 안 된다고 생각하면 안 하면 되는 거야."

맞는 말이기는 하다. 윤호도 나도 그 메모지를 읽지 않으면 된다. 하지만 과연 그럴까. 정말 그렇게 간단할까.

"그렇지만 가난한 사람들이라잖아……."

내가 혼잣말처럼 중얼거리고 난 뒤 약 30초 가량 침묵이 흘렀다. 이런 경우 나는 주로 옆길로 새는 편이었다. 싸우기도 싫고 서로 어색한 웃음 짓기도 힘들다면 그것 말고는 다른 방법이 없었다.

"암튼 부자들이 문제야. 몸에 좋다고 하면 뭐든 다 먹으려고 한다니까."

내 딴에는 옆길로 새되 한 발 물러선다고 물러선 것이었다. 화살을 윤호한테 맞추지 않으려면 어떻게 해야 하나 궁리하다가 겨우 생각해 낸 논리였다. 하지만 윤호는 오히려 그게 더 거슬리는 모양이었다.

"여기서 부자가 왜 나와? 지금 보다시피 따로 주문한 사람도 없는데 직접 능구렁이를 잡아 닭한테 먹이고 달걀을 낳게 해서 이렇게 팔려고 하는 거잖아. 지금 이 사람들은 그걸 잘 팔 수 있도록 우리한테 도와달라는 거야."

"헐."

"정신 차려. 이건 지금 부자의 문제도 아니고 가난한 사람의 문제도 아니야. 바로 우리의 문제라고."

"우리?"

"그래. 우리는 지금 선택을 해야 해. 이런 일에 협력할 것인지, 아니면 방해할 것인지."

"아, 씨. 난 이런 선택하는 거 싫어하는데."

"나도 싫어. 하지만 안 하면 책임 회피가 돼."

"말도 안 돼. 내가 뱀을 잡기를 했냐, 아니면 이런 거 만들어 달라고 주문하기를 했냐?"

윤호는 잠시 말을 멈추고 나를 바라보았다. 너하고는 말이 참 안 통한다, 하는 눈빛이었다. 윤호는 선택할 수 없는 것을 선택하는 게 진짜 선택이라고 했다.

"백만 원짜리 달걀과 관계있는 사람들을 고르시오, 할 때 넌 거기 어디에도 포함되지 않는다고 생각하는 거야?"

"당연하지."

"그럼, 넌 사람이 아닌 거네."

"그건 또 웬 억지?"

"교과서에 청바지 한 장과 연관된 사람은 모두 몇 명인지 계산하시오, 하고 나왔던 문제 기억나? 답이 뭐였게?"

"글쎄."

"이 세상 사람 전부."

생각이 났다. 그때 선생님이 답을 적어보라고 해서 나는 오천 명을 적었던 것 같다. 일일이 계산하기도 귀찮고 계산할 줄도 몰라 아주 많은 사람들을 적당히 포함시킨다고 한 게 오천 명이었다. 그런데 목화농장에서부터 청바지에 부착된 버클 만드는 광산, 그리고 소비자에게 하는 광고까지 따졌더니 정말 이 세상 모든 사람이 그 청바지 한 장과 결부되어 있었다. 그때는 마냥 신기했는데 지금은 충격이었다. 윤호는 흥분하고 있었다.

"그러니까 이 달걀 판매가 딱 그런 문제야. 우리는 지금 풀어야 할 시험지를 받아든 거나 마찬가지야."

"그럼 어떻게 할 건데?"

"넌 어떻게 했음 좋겠냐?"

어쨌거나 그만 싸우자는 것에는 합의를 보았다. 윤호는 뱀 굴을 찾아내고 그것을 연장으로 파내고 부수고, 뱀의 꿈틀거림을 손으로 느끼면서도 그것을 자기 자루에 집어넣는 사람들이 가난하다는 이유로 면죄부를 받아서는 안 된다고 했다. 뱀을 잡은 사람과 달걀을 사먹는 사람들이 톱니처럼 서로 맞물려서 그런 짓을 벌이지만 뱀에 대한 진짜 배신자를 딱 한 사람만 고르라고 하면 윤호는 뱀을 잡는 사람들이라고 주장했다. 하느님이 뱀과 특별히 연결시켜준 것은 바로 이들이기 때문이다. 부자들이 직접 뱀 굴을 찾아 나서거나 닭을 키우지는 않을 거라고 보면 그럴 듯한 논리 같기도 했다. 결국 우리는 말싸움 대신 대안을 찾자고 합의를 보았다. 윤호가 먼저 제시했다.

"너 혼자 방송하고 있어. 내가 총무실에 다녀올게."

"가서 뭐라고 할 건데?"

"우리 두 사람의 의견을 전달할 거야. 이 광고를 우리는 방송할 수 없고 다른 사람도 하면 안 된다고. 교회가 이런 일에 협력할 수는 없지."

"그러면 달걀장수는 다른 곳으로 가서 팔 걸. 어차피 누군가 이걸 사먹을 건데."

"우리가 그런 걸 다 해결할 수는 없겠지. 하지만 방해할 수는 있어. 인터넷이 있잖아. 사진이나 잘 찍어 두라고."

"알았어."

다 믿어지지는 않았지만 그게 최선인 것 같아 고개를 끄덕여주었다. 음악이 아직 나오고 있는 상황이었으므로 나는 문 밖으로 따라 나갔다.

"빨리 와."

내가 그렇게 말하는 사이 윤호는 이미 2층으로 올라갔다. 그때 맞은편 세미나실이 눈에 들어왔고 박정화 언니가 했던 말이 떠올랐으나 나는 이미 흥미를 잃은 뒤라 방송실 안으로 들어와 문을 닫았다. 그런 다음 벽에 걸린 교복으로 갈아입고 구두도 신었다. 윗도리는 니트 위에다 걸쳤는데도 대충 맞을 정도로 넉넉한 편이었지만 구두는 여전히 작았다. 치마허리는 적당한 편이었다.

파운데이션 케이스에 붙은 작은 거울로 교복 입은 맵시를 살펴보고 있을 때 문 두드리는 소리가 들렸다. 밖에는 어떤 할머니가 손에 우산을 들고 서 있었다. 할머니가 다짜고짜 말했다.

"이거 살 부러진 거 다 고쳤어."

그러면서 우산을 내 품에 떠안겼다.

이번에는 우산이야?

대번에 상황 파악을 끝낸 나는 받아든 우산을 얼른 할머니에게 도로 건넸다. 손사래를 치면서 정색을 한 것은 할머니였다.

"아, 돈은 미리 다 내았어. 그냥 받기만 하면 되아. 여기 방송실로 가져오라고 한 거잉게 받아두더라고."

뭔가 또 다른 이상한 점이 있다고 느낀 것은 바로 그때였다. 우산은 빨간색이었고 책가방 같은 데 넣기에는 사이즈가 길었다. 이를테면 3단 우산이 아니라 2단으로 접는 우산이었다. 나는 대번에 윤호네 가족사진을 떠올렸다. 빨간 우산은 가족사진 속에서도 뒤퉁스런 물건이었지만 나 혼자뿐인 방송실에서도 매우 이질적이었다. 게다가 날씨는 화창하기 이를 데 없었고 비는 언제 왔는지 기억조차 나지 않았다. 그때 할머니가

"그럼 난." 하면서 밖에서 문을 닫았다.

"잠깐만요."

나는 얼른 문을 열었다. 할머니가 밖에서 문을 닫은 지 5초 가량 지났을까. 그런데 이미 모습이 보이지 않았다. 나는 허둥지둥 건물 입구를 지나 밖으로 나갔다. 할머니는 없었다. 귀신도 아니었는데 정말 이상한 일이 아닌가.

하릴없이 방송실 안으로 돌아와 자리에 앉았을 때 또 다시 좌르르, 하더니 게임 블록이 맞추어졌고 눈앞에 한 장의 그림이 나타났다.

"교복!"

나는 할머니가 안기고 간 우산을 손에 들고 있는 내 모습을 손거울로 요리조리 비추어보았다. 온 몸에서 소름이 돋았다. 큰 거울이 필요하지 않았다. 더 확인해 볼 것도 없었다. 지금의 내 모습은 윤호 가족사진 속 누나의 명백한 복사품, 아바타였다.

"아, 어떡해!"

발을 동동 구르면서 당황했지만 다행히 정신이 번쩍 났다. 이 모습을 윤호한테 보여줄 수 없다는 것은 나도 판단할 수 있는 문제였다. 나는 방송실 문을 안에서 걸어 잠그고 옷을 갈아입고 구두도 벗었다. 그런 다음 그것들을 우산과 함께 돌돌 말아 책상 밑으로 깊이 감추었다.

문을 열었으나 그때까지도 윤호는 돌아오지 않았다. 총무과에서 말이 길어지는 모양이었다. 틀어야 할 음악 따위는 이미 안중에도 없었기에 40분짜리 브람스의 바이올린 협주곡을 골라 연결시켜놓았는데 잠깐 듣다 보니 내가 지금 느끼고 있는 심각성을 음악이 알아주는 것 같다는 착각이 밀려왔다.

밖으로 나가 이층으로 올라가는 계단이며 잔디밭과 대로변을 눈여겨 살폈다. 할머니는커녕 할머니 비슷한 사람도 지나가지 않았다. 총무과로 올라가봐야겠다며 막 발걸음을 계단으로 올려놓을 때였다. 저만치 1층 화장실에서 우산을 가져왔던 할머니가 태연히 걸어 나오고 있는 게 아닌가. 나는 부리나케 할머니 앞으로 달려가 앞을 막아섰다.

"할머니!"

허리가 15도 가량 굽었고 키가 작았으며 옷이 허름한 할머니였다. 나를 알아보고는 양손을 바쁘게 내저었다.

"아, 돈은 안 받아도 된다니께. 이미 받아부렀어."

나는 할머니를 잡아끌듯이 해서 방송실 안으로 모시려고 했으나 말을 듣지 않았다. 끌려오기는커녕 어딘가로 나를 끌고 갈 수도 있을 것처럼 손힘이 완강했다.

"그게 아니고요. 우산 갖다 주라고 누가 시켰는지 그것만 말해주세요."

"그건 알아서 머에 쓸라구. 학생한테 돈 안 받았으만 되야지."

할머니는 아주 당당하고 천천히 말하더니 보란 듯이 건물 밖으로 걸어 나갔다. 방송실에서 우산을 가지고 나와 되돌려 주거나 할 틈도 없었다. 나는 멍하니 서서 사라져가는 할머니를 쳐다보다가 무기력하게 방송실로 돌아왔다.

할머니를 포기하고 생각하기 시작했다. 나는 여태 돈이 포인트인 줄 알았다. 구두에서 교복 윗도리, 교복 치마가 방송실로 도착하는 사이 오직 내가 대신 지불한 돈에 관해서만 신경을 곤두세웠다. 그런데 알고 봤더니 구두며 교복 윗도리와 치마 등은 그 하나하나가 어떤 사진 속 장면의 부분이었던 것이다. 빨간 이단 우산이 도착하자 그 그림은 비로소 완성된 꼴을 갖추게 되었다. 그렇다면 이게 뭘까. 도대체 무슨 일이 일어나고 있는 걸까.

윤호의 가슴 속 그림을 선명히 파악하고 있는 박정화 언니가 분명히 그것을 이용할 거라는 거야. 박정화 언니가 쥐고 있는 각본이 뭔지, 그걸 알아낼 수만 있다면.

인애가 했던 말이 모함이 아니라 사실이라는 것인가. 각본이 뭔지를 상상하는 것만으로도 머리털이 일제히 곤두서는 것 같았다. 끔찍한 이미지가 눈앞을 스쳐 지나갔다. 그나마 윤호네 가족사진을 미리 봐두어서 얼마나 다행인지. 그걸 몰랐더라면 꼼짝없이 당할 뻔 했다. 꼭두각시 인형처럼 박정화 언니가 원하는 곳에다 머리를 꽝, 하고 부딪칠 뻔 했다.

각본을 바꾸어야 한다.

나는 각본을 바꾸는 사람이 될 것이다. 왜냐하면 그것이 줏대이고, 줏대 있는 사람은 각본을 바꾸는 사람이니까.

즉각 인애에게 전화를 걸었다. 방송은 아무런 멘트 없이 꺼버렸다. 다행히 인애가 전화를 받았다.

"나 1부 예배 보고 벌써 집에 왔는데."

"그게 아니라."

나는 속사포로 자초지종을 늘어놓기 시작했다. 방송실로 배달된 신발이며 옷, 우산에 관해서 말이다. 약 2분 가량 설명했을 때 이미 말귀를 다 알아들은 인애가 내 말을 자르더니 이렇게 물었다.

"그런 일이 있었으면서 왜 진작 말을 안 했니?"

"어?"

"어쩜 그렇게 시치미를……… 너 정말 엉큼하다."

"일부러 말 안 한 거 아니거든."

"일부러 안 했으면 저절로 그랬냐?"

"우, 씨."

"배신!"

"뭐?"

답답했다. 윤호가 언제 내려올지 모르는 마당에 그런 이야기나 하고 있다니. 결국 나는 잘못한 것도 없이 사과하고 말았다.

"미안해."

"암튼 박 씨가 그걸 모두 갖춰 입고 사진을 찍어 보내라고 했다고?"

"응."

"절대 안 돼."

"알아, 나도 찜찜해서 교복 다 벗고 구두도 벗어버린 다음 아무도 못 보게 숨겨놓았어."

"잘했어."

완전히 흥분한 인애는 박정화 언니의 각본이 뭔지 비로소 알겠다고 했다. 나 역시 감을 잡을 만큼은 잡은 상태였다. 하지만 궁금한 게 더 남아 있었다.

"그런데 나를 윤호 누나처럼 꾸며서 어쩌려는 걸까?"

"아직도 모르겠어? 그런 너를 사진으로 찍고 그걸 윤호한테 보여준다고 생각해봐."

"헐."

"이제 알겠냐?"

나는 인애가 말하는 것과 내가 느낀 것이 어떻게 괴리되어 있는지 생각할 틈도 없이 의자에 폭 주저앉았다. 나는 박정화 언니의 계략에 말려들어 그런 사연이 담긴 교복이며 구두를 내 스스로 신고 입고 난 뒤의 수치심에만 초점을 맞추어 생각했던 것이다. 하지만 "그 언니가 그 정도야?"라고 물어보는 것조차 차마 하기 어려웠다. 이건 뭔가 아주 잔혹한 이야기 같았다. 나는 방송실 안을 둘러보았다. 끔찍하고 불길한 장소였다. 내가 여기, 이 께름칙한 장소에 이대로 있어도 안전한 것일까. 당장 전화를 걸어 엄마를 부르고 경찰을 불러야 하는 건 아닐까.

그때 인애가 쐐기를 박았다.

"박 씨가 교회 다니고 동아리 활동 하는 이유는 바로 이런 장난을 계속 치기 위해서란다."

나는 즉시 반박했다.

"이게 장난이냐? 누가 장난을 이렇게 쳐?"

내가 충격으로 주춤하는 사이 인애는 "나 지금 방송실로 간다?" 하고 말했다. 나는 오지 말라고, 집으로 갈 거라고 말하고는 그만 끊자고 했다. 떨리는 손으로 전화기를 내려놓고 있을 때 윤호가 안으로 들어왔다.

"방송 어떻게 된 거야? 놀라서 달려왔어."

"어, 그냥."

"왜 그래, 너 완전 사색이다?"

"지금 좀 힘들어. 토할 것 같아."

실제로 내 입에서는 욱, 하는 소리와 함께 신물이 올라왔다. 구렁이를 잘못 삼킨 토종닭이 바로 나인 것 같았다.

"왜 그래?"

윤호는 휴지를 꺼내주면서 화장실 갈래? 하고 물었다. 나는 의자에 늘어진 채 고개를 가로저었다. 죽은 누나가 등장하는 사진. 생각만 해도 속이 거북해졌다. 윤호와 윤호 누나가 불쌍하고 안됐지만 그건 거의 뒷전이었다. 가장 불쌍한 건 아무래도 나인 것 같았다. 나는 지금 박정화 언니가 놓아둔 덫에 걸려 넘어진 참이었다.

〈걸걸한 보이스〉에서 나가자.

나는 마음속으로 Esc를 눌렀다. 빨리 불길한 이 그림 속에서 뛰쳐나가는 것이 급선무인 것 같았다. 사진 속 교복 입은 여학생이 되고 싶은 마음은 눈곱만치도 없었다. 윤호고 뭐고 다 싫고 끔찍했다.

"난 집으로 가고 싶어."

나는 Esc의 실행을 완료하는 기분으로 방송실에서 나왔다. 윤호를 따돌리고 휴대폰도 꺼버렸다. 부모님들이 교회로 왔을 테지만 찾아볼 엄두가 나지 않았다. 엄마가 필요하다면 집으로 부를 것이다. 나는 그냥 내 방, 내 침대에 쓰러져 자고 싶었다.

지하철을 타고 집에 가려고 표를 넣었는데 플랩이 닫혔다. 다시 시도해 봤지만 여전히 문을 열어주지 않았다.

"별 게 다 사람 열 받게 하네."

발로 플랩을 걷어찼으나 표만 집어삼키고 끝내 나를 허락하지 않았다. 밑으로 빠져나갈까 하다가 기분이 나빠서 뒤로 물러선 다음 가만히 서 있었다. 몸을 숙이고 포복 비슷한 걸 할 수도 있었지만 그렇게 하지 않았다.

기계마저 나를 깔보다니.

그러다가 플랩이 덫이고 거미줄이라는 생각을 하게 되었다. 거기에 줏대가 걸려 맥없이 허우적거리고 있는 것은 바로 나였다.

이대로 당하고 말 거야?

붕괴된 나를 일으켜 세우지 않아도 상관없는 거야?

내 안에서 그런 목소리가 들렸다. 지하철까지 가만히 있지 말라며 나를 부추기고 있는 것 같았다. 당장 달려가서 박정화의 머리끄덩이라도 잡아야 하나. 윤호한테 속사정을 털어놓은 다음 힘을 합해 혼내줄까.

수연이와 인애에게 전화를 걸어 조언을 구하고 싶다는 생각에 다시 휴대폰을 켰다. 문자가 쏟아져 들어왔다. 박정화 언니의 문자가 먼저 눈에 띄었다.

너 왜 사진 안 보내니?

방송은 어떻게 된 거야?

김태순 너 어디야?

대답 안 해?

비슷한 내용의 문자가 무려 8통에다 부재중전화 기록까지 있었다. 휴대폰을 닫고 가방에 쑤셔 넣었다. 불현듯 이런 생각이 들었다. 내가 상대해야 하는 것은 박정화인가, 아니면 그녀가 그려놓은 그림인가.

그렇다면 사진을 찍어서 보내 드리지.

하지만 결코 그녀가 원하는 사진은 보낼 수 없었다. 사실 내가 아무리 용을 써도 박정화 언니와 몸싸움을 해서 이길 수는 없었다. 잘못하면 그 패거리까지 한꺼번에 감당해야 하는 불상사가 일어날는지도 모른다. 가장 큰 복수는 그녀가 실현되기를 갈망했던 그 그림을 망가뜨리는 게 아닐까. 그것이 진정한 Esc이고 줏대의 회복 아닐까.

나는 지하철 계단을 뛰어올라갔다. 당장 뭘 해야 할 지 알 것 같았다.

교회로 들어가 방송실로 갔더니 문이 열려 있었고 그 틈바구니로 박정화와 그 패거리들의 모습이 보였다. 한 발 늦은 걸까. 나는 숨을 멈추고 재빨리 건물 모퉁이 뒤로 돌아가 몸을 감추었다. 약 10분쯤 숨어 있다가 다시 방송실 쪽을 엿보았더니 박정화 패거리는 보이지 않고 문도 닫힌 상태였다. 조심조심 방송실로 가서 번호 키를 누른 다음 내가 숨겨둔 물건들이 안전하게 있는지 확인했다.

휴!

있었다. 그것들을 돌돌 말아서 스탠드 박스 안에 끼워 넣어 놓았더니 눈에 띄지 않았던 것 같다. 나는 검정 비닐봉지 하나를 찾아내 교복과, 구두, 빨간 우산을 집어넣었다. 그리고 교회를 나와 도망치듯이 우리 집 방향으로 걸어갔다.

집 근처 편의점에 이르렀을 때 내 발은 자동적으로 그 안으로 들어가 음료수를 골랐다. 내가 좋아하는 자몽주스가 딱 하나 남아 있었다. 달고 시원하고 색깔까지 예쁜 주스가 목구멍을 타고 넘어가자 살 것 같았다. 순식간에 병 하나를 비우고 멍하니 의자에 주저앉았다. 그러다가 놀란 듯 휴대폰을 꺼내 수연이와 인애한테 같은 문자를 날렸다.

빨랑 00검도학원 골목 입구에 있는 H편의점으로 와라.

인애는 우리 집 방향을 정확히 몰랐기에 자세한 설명도 곁들였다. 윤호도 떠올리기는 했으나 오라는 말은 하지 않았다. 아버지의 말씀이 기계적으로 남아 다른 사람이 남긴 밥도 먹고, 심지어는 귤껍질까지 먹는 습관이 있는 것을 보면 윤호는 이미 상처를 받을 만큼 받았다. 더 이상 그 애를 건드려서는 안 된다.

나 혼자 조용히 박정화 언니의 그림에 진한 낙서를 해서 보낼 수도 있을 것이다. 하지만 나중에 수연이와 인애가 알면 분명히 섭섭해 할 것 같아 끼워주기로 했다. 어떤 낙서를 어떻게 할 것인지 요량이 서지 않았던 것도 사실이었다. 박정화의 치졸하고 사악한 각본을 바꾸고 변경시켜야 한다는 것은 알겠는데 방법이 막연했다. 셋이 머리를 맞댄다면 순식간에 해결할 수도 있는 일이었다.

"태순아!"

먼저 나타난 것은 가까이 사는 수연이가 아니라 인애였다. 마침 마트에 가려던 참이라며 엄마가 태워다줬다고 했다. 수연이도 곧이어 나타났다.

"어떻게 된 거냐 하면 말이야."

나는 미리 사둔 삼각김밥을 나눠주면서 자초지종을 털어놓았다. 그런데 수연이가 자기보다 인애가 더 많은 정보를 알고 있다는 것을 알고 질투를 해서 잠시 달래느라 시간을 끌었다. 인애는 인애대로 뭐든 자기가 주도하려고 하고 수연이는 모든 정보는 자기를 거치고서야 비로소 아이들한테 전달될 수 있다는 식이었다. 특히 둘 다 노골적으로 나를 통해서 죽대를 발휘하려고 하는 바람에 너무 피곤했고 진절머리가 났다. 그 와중에 수연이는 그냥 빠지겠다며 일어섰다 앉기를 두 번이나 반복했다.

"이런 게 너희가 말하는 죽대냐? 무슨 죽대가 그렇게 속이 좁고 이기적이냐?"

나도 화가 나서 와락 세게 한 마디 지르고는 검은 비닐봉지에서 교복이며 구두, 빨간 우산을 꺼내 편의점 탁자 위에 올려놓았다.

"맞아, 이게 광진예술고등학교 교복이야. 윤호 누나가 거기 다녔잖아."

인애가 교복 재질을 만져보면서 말했다.

"정말?"

"틀림없어. 우리 아파트 4층에 사는 언니가 날라리이긴 해도 여기 다녀. 아침마다 엘리베이터에서 보던 교복인데 뭐."

"근데 이 빨간 우산은 진짜 빨갛다. 난 무서워."

수연이도 인애도 우산을 기피했다. 색깔이 어두운 빨강이 아니라 밝은 빨강이긴 해도 평범하게 생긴 우산이었는데 만지면 손에 몹쓸 뭐가 옮기라도 할 것처럼 터부시하는 것이었다. 내가 펴보려고 할 때는 적극적으로 말렸다. 어이가 없어서 나는 이렇게 말해 주었다.

"이거 윤호 누나가 사용하던 물건 절대 아닐 거야. 박정화 언니가 샀겠지. 윤호 지갑에서 사진을 자세히 보고 그거하고 똑같은 걸 샀을 거라고."

"그건 알아. 하지만 기분이 좀 그래."

"나도."

"교복은 왜 괜찮은 건데?"

"몰라. 교복은 안 무서운데 우산은 무서워."

"쳇."

그것들을 앞에 펼쳐 놓은 채 한참 동안 내려다보았지만 복수를 할 뾰족한 방법이 생각나지 않았다. 교복이며 구두, 빨간 우산을 가지고 어떤 식으로 반전을 만든단 말인가. 게다가 우연히 윤호가 보기라도 한다면?

"으, 으, 끔찍해."

나는 소름이 돋아 몸을 부르르 떨었다. 애들이 왜 그러냐고 물었지만 나는 "그냥, 괜히."라고만 대답했다.

"아, 어렵다."

"진짜."

그때 박정화 언니의 카톡을 뒤지던 수연이가 "이것 좀 봐!" 하고 소리를 질렀다. 인애와 나는 수연이 곁으로 바싹 다가갔다. 그런데 수연이가 들여다보고 있는 것은 박정화 언니의 셀카 사진들이었다. 그것도 예쁜 척, 잘난 척 폼을 잡고 있는 재수 없는 사진들뿐이었다. 수연이가 그 사진에 대고 손가락질을 하더니 이렇게 소리쳤다.

"발상을 바꾸어야 해."

"어떻게?"

"반전 도구는 광진예고 교복이나 빨간 우산이 아니야."

"어쩌자는 건데?"

"교복이나 우산으로 뭘 어쩌겠다는 생각 자체가 잘못된 거야. 이 물건들은 가만히 두기만 해도 슬픈 거잖아. 이 교복이며 우산은 그대로 두자."

"엥?"

"박정화가 그려놓은 그림은 깨끗이 지우고 우리가 다시 그리는 거야."

"무슨 소리야? 자세히 좀 말해 봐."

"박정화의 각본에서 모델은 누구니?"

"나?"

"그래 너잖아. 모델을 바꿔버리자."

"그럼 복수가 되니?"

"야, 오히려 이 물건들을 가지고 반전을 만들겠다는 게 더 아니지. 그건 박정화한테 말려드는 거나 마찬가지라고."

"하긴."

"박정화의 셀카사진을 모델로 하고 거기다가 낙서를 하는 거지."

"헐, 헐."

"나한테 좋은 생각이 있어."

수연이는 박정화 언니의 카스 사진들을 넘기더니 그 중에서 가장 크고 선명하게 나온 하나를 골랐다.

"이걸 크게 뽑자."

"뭐?"

"그런 다음 우리가 예쁘게 새로 꾸며서 선물하는 거야. 카스에다가 댓글로 올리거나."

"야, 댓글로 올리는 건 좀 이상한 짓인 것 같은데."

인애가 고개를 갸웃거렸다. 나도 왠지 찜찜했다.

"너희들 겁나는구나?"

"헐."

수연이가 정곡을 찌르는 바람에 인애도 나도 입을 다물었다. 사실 무서웠다. 박정화와 그 패거리가 분명히 가만히 있지 않을 것이다.

"그럼 카스에 올리지는 말고 우리가 했다는 티도 안 내고 전달할 방법을 찾아보자."

"하지만 결국 알게 될 걸."

"잡아떼야지. 박정화도 이 교복이며 구두를 왜 보냈냐고 하면 시치미뗄 게 분명해. 자기는 모르는 일이라고 할 거라고."

"일단은 그림부터 만들어보자. 그런 다음 생각하자."

"좋아."

"어떻게 꾸미느냐가 아주 중요할 것 같아. 단순히 박 씨를 모욕하는 게 아니라 우리가 지금 느끼는 슬픈 감정, 당혹스러움, 그런 걸 표현해보자."

"오케이."

우리는 머리를 맞댔다. 말풍선을 만들자는 이야기부터 영화 포스터와 합성하자는 것까지 온갖 이야기들이 다 나왔다. 20분쯤 지나 마침내 우리는 의견을 통일했다.

"개구리가 딱이다."

"맞아."

"못생긴 황소개구리로."

"얼굴에 난 여드름에서는 고름이 막 흘러나와. 아주 흉측하지."

"으헉."

우리 셋은 동시에 몸을 떨었다.

박정화 언니의 커다란 사진을 뽑고 뱃속에다가 자루 같은 것을 만들어 붙인 다음 그 안에 괴물 황소개구리 세 마리를 집어넣자는 게 방법이었다. 그런 다음 간단한 말풍선을 덧붙일 것이다.

계획이 완성되자 드디어 제작에 들어갔다. 카스에서 박정화의 전신 사진을 다운로드 한 다음 동네 사진관에서 8천 원을 주고 뽑았는데 펼쳐놓고 보니 좀 작았다. 거기에다 개구리 사진을 붙였을 때는 그것이 우리가 상상했던 그림에는 턱없이 못 미친다는 것을 알게 되었다. 결국 박정화의 얼굴 부분만 사진에서 오리고 몸집 부분은 그리기로 했다. 그 작업을 하기 위해 문방구에 들러 재료를 사서 우리 집으로 갔다.

두 시간쯤 지나 마침내 그림이 완성되었다. 하지만 말풍선을 만드는 과정에서 계획은 또 다시 수정되었다. 끝없이 변하는 게 각본의 운명 같았다. 마치 일점일획이 일점일로 부드럽게 변경되었듯이 말이다. 우리는 박정화의 얼굴 사진마저 과감하게 떼어내 찢어버렸다. 대신 그 자리를 그림으로 채우고 '난 빳쩡아'라고 글자를 적어 넣었다. 그러고 났더니 그림의 의미와 목적이 더 또렷하고 선명해졌다.

마지막으로 말풍선을 만들었다.

이 사람을 찾습니다.

매주 교회 방송실로 교복이며 구두를 보낸 사람입니다. 다 모아놓고 보니 이런 느낌의 그림이 나오더군요.

마음에 괴물 황소개구리를 키우며 사는 불쌍한 이 사람은 도대체 누구일까요?

방송실로 배달된 물건들은 일체 사용하지 않았다. 행여 윤호가 빨간 우산을 보고 나면 뭔가를 눈치챌 지도 모른다는 게 우리의 걱정이고 배려였다. 사실은 벌써 눈치챘어야 했으나 미련한 윤호는 그 각각을 하나의 그림으로 통합해내지 못했고 결과적으로 그건 다행한 일이 되었다.

"여기에는 이게 어울려."

수연이는 거침이 없었다. 박정화의 머리에다가 색깔 좋고 김이 모락모락 나는 응가 한 덩이를 올려놓았다. 우리는 배꼽을 쥐고 데굴데굴 굴렀다.

"머리에 이것밖에 안 든 언니라니까."

그 뒤로 한 시간 동안 완성된 그림에 색칠을 했다. 그 작업까지 모두 끝내고 나서 사진을 찍어 문자로 보냈다.

좀 늦었죠? 보내라고 한 거 보내요.

마침내 전송 버튼이 눌려졌을 때 우리는 환호했다. 마음이 한없이 가벼워졌다. 앞으로 무슨 일이 닥치더라도 기꺼이 감당할 수 있을 것 같았다.

에필로그, 다시 시작하기

에필로그, 다시 시작하기

이상하게도 학교 식당에서는 윤호를 만나기가 힘들었다. 겨울방학이 끝나고 중3 첫 학기를 시작하게 되었을 때도 마찬가지였다. 그렇다고 윤호가 궁금하거나 심각하게 보고 싶은 것은 절대 아니었다. 다만 내 앞에서 사귀는 사이 아니었냐고 할 때는 언제고 전화 한 통 없는 것이 괘씸했다. 윤호를 믿지 않은 건 잘한 일 같았다. 믿었다고 하더라도 상처받을 것까지야 없었겠지만 말이다.

이전의 수연이라면 그런 문제조차도 어떻게든 설명해내려고 했을 테지만 안타깝게도 겨울방학 두 달을 학원의 외고 입시 프로그램에 목을 맨 이후 그 애는 세상 돌아가는 것에 관해 매우 둔감해진 상태였다. 두 눈은 멍해졌고 수업시간에는 졸음에 빠져 침까지 흘리며 잤다. 어제 아침에는 아무런 장애물도 없는 멀쩡한 복도에서 자빠지는 바람에 무릎이 깨져서 오후 시간을 내내 양호실에서 누워 지냈다. 아이들은 우리나라의 유능한 예비 언론인 하나가 외고 입시라는 터무니없는 거미줄에 걸려 식물인간이 되었다고 떠들었다. 실제로 우리 학교 3층 오른쪽 복도 화장실 첫 번째 칸에는 '김수연, 식물이 되다', '코마 상태에 빠진 김수연', '살아 있는 듯 살아 있는 게 아닌 살아 있는 것 같은 수연이' 같은 낙서까지 등장했다. 나는 그 낙서들 틈에 더 크고 선명하며 요란하기 이를 데 없는 낙서를 했다.

수연이를 구하라.

내가 썼지만 나는 그 구절이 무척 마음에 들었다. 수연이가 식물이 된 건 그 애가 계속해서 떠들어댈 세상이 갑자기 조용하게 정지되어버렸기 때문이다. 소위 말해 중3이라는 빙하기가 수연이 병증의 원인이었다.

나는 교회에는 안 나가고 가끔 인애하고만 연락을 주고받았다. 박정화 언니와 그 패거리는 중학교를 졸업하고 고등학생이 된 뒤로 인생이 더욱 창창해졌는데 나는 도저히 그 꼴을 두고 보기가 어려웠다.

그때 괴물 황소개구리를 그려 넣은 거대한 인형을 사진으로 찍어 보냈더니 박정화 언니가 우리 셋을 호출했고 우리는 할 말 있으면 직접 오라는 식으로 도전장을 내밀었다. 선두에 선 것은 나였고 수연이와 인애가 살벌한 표정으로 내 뒤를 받쳐 주었다. 수연이는 거대한 초록색 종이 망치를, 인애는 피켓을 무기처럼 든 채 나를 호위하였다.

정성껏 꾸민 피켓의 내용은 이랬다.

평화로운 망치는 초록색이고, 느리고, 안전하다.

그린(green) 망치는 맞으면 아파서 어찔하지만 흉터를 남기지 않는다는 점에서 세상에서 가장 아름다운 망치이다. 인애가 며칠 전 엄마와 같이 서울시립미술관에 가서 찍어온 그림과 그림의 긴 제목을 참고했다. 초록색으로 그린 망치와 피켓을 훑어본 박정화 언니가 콧방귀를 세게 뀌었는데 아마도 화가의 이름이 크리스찬슨(Henning Christiansen)이어서 그랬던 게 아닐까. 박정화는 자신의 이익을 위해 하느님을 이용할 뿐 실제로는 하느님 위에 서서 하느님을 내려다보고 비웃고 험담하는 캐릭터인 것이다. 나는 시간 끌지 않고 과감하게 선제공

격을 감행했다.

"교복이며 구두, 그리고 우산을 보낸 게 언니죠?"

박정화도 시간 끌지 않았다.

"그래, 맞아. 내가 그랬어."

헉. 그녀가 쉽게 인정하는 바람에 우리의 대열은 바람이 빠지면서 잠시 흐트러질 뻔했으나 곧 다시 일어났다. 예상과는 달리 쉽게 털어놓았지만 그렇다고 자신의 잘못을 인정한 것은 아니었다. 박정화 언니가 끝끝내 부인한 것은 그것들을 방송실로 보낸 의도였다.

"내 마음은 오직 선의로만 가득 차 있었어."

누나가 죽은 것을 안타까워 하던 윤호가 누나의 이미지를 띠고 나타난 여자애를 좋아하게 된다면 아름다운 일 아니냐는 게 박정화 언니의 당당한 주장이었다. 나는 너무 역겨워서 속이 울렁거렸고 아기 때부터 먹은 것들을 모조리 게워낼 뻔했다. 나중에는 눈물이 다 나왔다. 억울해서도 아니고 분해서도 아니었다.

어떻게 저런 캐릭터가 다 있는 거지?

그런 캐릭터와 내가 같은 세상의 일원이라는 것은 분명 서글픈 일이다. 나는 박정화 언니의 그와 같은 변칙적인 행동들이 다름 아닌 〈걸걸한 보이스〉의 활동이라고 결론 내렸다. 하지만 인애한테 그렇지 않느냐고 동의를 구했을 때는 여전히 시치미를 뗐다.

"걸걸한 보이스 같은 건 없어. 수요일에 오시는 하느님은 영어 성경을 번역하기 위해 모인 학생 동아리일 뿐이야. 도대체 어떤 애들이 그런 음해의 말을 퍼트리는 거니?"

"와."

너무 기가 막혀 입이 다물어지지 않았다. 인애의 줏대는 어떤 것이고 어떤 색깔인 건지 도대체 감이 안 왔다. 인애가 그렇게 나오는 한 〈걸걸한 보이스〉가 해체될 가능성은 사라지는 게 아닐까. 존재하지 않으면 해체할 것도 없을 테니 말이다.

그런 예측은 그대로 들어맞았다. 내가 나오고 3개월이 지날 때까지 〈수요일에 오시는 하느님〉 모임은 매주 수요일 똑같이 진행되었다. 인애도 윤호도 여전히 그 안의 멤버로 남아 있다는 소문을 마지막으로 들었다. 나는 인애를 도저히 이해할 수가 없었다. 나와 같이 박정화 언니의 뱃속에다가 황소개구리를 집어넣어놓고 그 다음 주부터 천연덕스럽게 다시 동아리에 나간다는 게 말이 되는가. 박정화 언니가 첫사랑을 제조하기 위해 사용한 레시피가 무엇인지 뻔히 알면서도 〈수요일에 오시는 하느님〉을 여전히 영어 성경 번역을 공부하는 모임이라며 우기는 것은 또 어떻고.

배신자!

정확한 표현인지는 모르지만 내가 인애에게 느낀 것은 진정한 의미의 배신감이었다. 하지만 인애가 배신한 것이 나의 어떤 무엇인지는 나도 잘 알지 못했다. 그래서 어느 날 작정하고 물었더니 이런 대답이 돌아왔다.

"어디 가더라도 각본을 쥔 자들은 있어. 남을 지배하고 통제하기를 즐기는 사람들. 그들이 내가 노는 필드에 나타날 때마다 놀라서 Esc만 눌러댈 거야? 각본을 바꾸려고 하는 것이 Esc보다 더 긴급하고 우아한 행동일 때가 있다고. 나는 각본을 비틀고 바꾸는 게 재미있어. 그럴 때마다 내 심장이 힘차게 뛰는 걸 느껴."

그런 소리를 듣고 났더니 기분이 몹시 외로워졌다. 같은 괴물 황소개구리를 만들어서 우리가 비슷한 생각을 가지고 있다고 믿었는데, 알고 보니 이토록 서로가 다르다니. 앞으로는 이 세상을 나 혼자서 살아가게 될 것 같은 이 기분!

실제로 고등학생이 된 이후 박정화 언니의 행동은 더욱 의미심장해졌을 뿐 아니라 대담해지기까지 했다는 소문이었다. 하지만 그건 어디까지나 멀리서 불어오는 바람 같은 것이었다. 긴가민가하면서 잠깐만 고민하고 있어도 바람은 우리 곁을 지나 실체도 없는 것이 되어 어딘가로 사라졌다. 나는 그것을 두고 아무것도 말할 수 없는 게 너무나 안타까웠다. 윤곽이 드러나야 말할 것도 생기는 법인데.

수연이를 구하자고 결심한 건 그래서였다. 유일하게 〈걸걸한 보이스〉가 있다는 것을 인정했던 내 친구. 나에게 필요한 건 수연이와의 수다였다. 그래야만 숨을 쉴 수 있을 것 같았다. 〈걸걸한 보이스〉에 관해 계속해서 말하기만 해도 왠지 그것을 바꾸는 방법에 동참하는 것 같은 느낌. 하지만 수연이가 깨어나 활동을 재개하도록 만드는 방법은 그림 속으로 숨어버린 까마귀를 불러내 까악 까악 울게 만드는 것보다 어려운 일이었다. 빙하기는 지독하게 춥고 길었다.

그러던 어느 날이었다. 내 휴대폰으로 문자 한 통이 날아왔다. 교회 동아리에 가입하라는 홍보 문자였다. 그런데 맨 아래에는 이런 문구가 적혀 있었다.

〈하모니카를 불면서 영어 성경 번역을 하는 청소년들의 수요모임〉 일동.

그 문자를 보고 나는 딱 알아보았다. 〈수요일에 오시는 하느님〉이 새 단장을 했다는 것을 말이다. 나는 문자에 답하지 않았다. 〈하모니카를 불면서 영어 성경 번역을 하는 청소년들의 수요모임〉에 별로 끌리지 않았기 때문이다. 문자는 다음 날 또 왔다. 역시 답장을 보내지 않았다. 답을 보내지 않아도 답답하지 않았다.

다만 그 주 일요일에는 엄마의 강권으로 교회에 가게 되었다. 방송실에서 끔찍한 일을 경험하고 난 뒤 처음 가본 교회였다.

그날 교회는 완전히 웃음바다였다. 시골에서 상경한 어떤 70대 할머니가 세상에 태어나 처음으로 교회에 오게 되었는데 목사님이 감동을 만든답시고 설교 도중에 앞으로 불러냈다. 할머니는 교회에 오게 된 자기 사정을 설명하면서 그동안 지은 죄를 용서해달라고 간청하더니 갑자기 "관심보살"로 마무리하며 기도를 마쳤다. 처음에는 '관심보살'이 무슨 뜻인지 몰랐으나 그것이 '관세음보살'이라는 것을 알게 된 이후 교인들 모두가 박장대소했다. 나도 오랜만에 실컷 웃었다. 웃다가 나도 모르게 일점일획을 떠올렸다. 누군가 아무리 메가폰을 잡고 '아멘'이라고 정확히 발음해 보여도 그것은 이내 '관세음보살'이나 '관심보살'이라는 이상한 형태로 뻐그러져서 사람들 귓속으로 흘러들어가고 마는 것이다. 일점일획이나 아멘은 울타리 안으로 들어가기 싫다고 버둥거리는 뚱뚱한 돼지하고 비슷하다. 관심보살이나 일점일은 뚱뚱한 돼지가 몸부림치면서 흘린 땀 같은 게 아닐까.

내가 관심보살에 매료되어 정신없이 웃고 있을 때 뒷자리에서 누군가 "어이, 일점일!" 하고 불렀다. 내 몸은 자동인형처럼 뒤돌아보았고 거기서 손을 흔들며 웃고 있는 윤호를 발견했다. 몹쓸 타격을 받을 뻔 했던 윤호였던지라 무사한 모습을 보고 나니 괜히 안심이 되었다. 아니, 그토록 온전한 웃음을 지을 수 있다는 것이 경이로웠고 고마웠으며 뭉클하기까지 했다. 윤호가 손짓과 표정으로 의사전달을 했는데 나는 그것을 "이따가 끝나고 잠깐 보자."로 알아들었다.

과연 예배가 끝나 밖으로 나갔더니 윤호가 나를 기다리고 있었다. 내가 먼저 입을 뗐다.

"일점일이라고 하지 말랬지?"

"기분 나쁘냐?"

"그럼 기분이 좋겠냐?"

우리는 이미 비슷한 대화를 나눠본 적이 있었다. 나는 왠지 내 자신이 이전의 그 순간 속을 여태 방황하고 있었던 건 아닌가 하는 생각에 사로잡혔다. 그런 내 기분을 윤호한테 말해주었다.

"암튼 반갑다."

"나도 반가워."

윤호는 손이라도 잡고 흔들어야만 마음이 다 전달될 것 같은 그런 표정이었으나 우리 둘 중 누구도 먼저 손을 내밀지 않았다. 하지만 조금 이야기를 하다 보니 이미 윤호가 나를 향해 손을 내밀었음을 알게 되었다.

"문자 보냈는데 왜 답을 안 해?"

"네 문자 받은 적 없는데?"

"하영목 이름으로 보냈는데 못 받았다고? 너 혹시 내 폰 번호 지웠냐?"

나는 당황하여 하영목을 문제 삼으며 얼른 초점을 바꿨다. 하영목이라니, 개명이라도 했다는 것인가.

"하모니카를 불면서 영어 성경 번역을 하는 청소년들의 수요모임 말이야. 너 내 폰 번호 지웠지?"

"아, 아닌데."

"어디 봐. 지웠는지 아닌지 확인해 보게."

그러면서 내 손에서 휴대폰을 빼앗으려고 했다. 나는 기겁을 하면서 그것을 가방 안으로 집어넣었다. 윤호 폰 번호를 지운 적은 없지만 나는 내 휴대폰을 보여주면서 그것을 확인시키고 싶지 않았다.

"암튼 못 말려."

그렇게 말하면서 윤호가 상황 정리를 했고 나도 한숨을 돌렸다.

"하모니카를 불면서 영어 성경 번역을 하는 청소년들의 수요모임은 수요일에 오시는 하느님을 상속받은 거겠지?"

"아니, 전혀 그렇지 않아. 네가 수요일에 오시는 하느님에서 나가고 나는 활동을 하는 둥 마는 둥 하다가 거기를 나오고 말았어. 너를 따라 나온 셈이지. 이후 이런저런 궁리를 하다가 하모니카를 불면서 영어 성경 번역을 하는 청소년들의 수요모임을 만든 거야. 이 동아리에 가입해줄 거지?"

"싫다면?"

"싫어도 가입해."

"뭐래!"

"내가 만든 동아린데 당연히 너는 들어와야지."

"도대체 넌 하모니카를 불면서 영어 성경 번역을 하는 청소년들의 수요모임을 왜 만든 건데?"

"그거야 영어 공부 하려고."

"하모니카도 배우고?"

"응. 나랑 같이 영어 공부도 하고 하모니카도 배워볼래?"

"난 관심 없어."

나는 적당하게 잡아뗐다. 윤호는 잠시 내 표정을 살피더니 이렇게 물었다.

"설마 아직도 걸걸한 보이스를 찾아다니는 것은 아니지? 세상에 그런 건 없어. 꿈 깨."

"있어."

"없어."

"있다니까."

"어디 있다는 거야? 적어도 여긴 없어. 그럼 없는 거야."

윤호는 여기를 강조하면서 양 팔을 넓게 벌렸고 어깨를 으쓱거렸다.

"있어, 바로 여기에."

나는 줏대를 가진 사람답게 단호한 목소리로 말하면서 지금, 여기를 손가락으로 정확히 짚었다. 못 알아들은 건지 부인하는 건지 윤호는 끝까지 아니라고 하는 거였다.

"수요일에 오시는 하느님은 없어졌고 박정화 누님도 이젠 고등학생이야. 도대체 걸걸한 보이스가 어디에 있다는 건데?"

"으이그."

더 이상 윤호와 대화를 나누고 있는 게 한심한 것 같아 슬그머니 가족들 곁으로 걸어갔다. 그러면서도 고등부 동아리가 있는 복도 저편 끝을 째려보는 것도 잊지 않았다. 빨리 고등학생이 되었으면 좋겠다는 생각을 태어나 처음으로 했다.

1년만 기다려라. 내가 간다.

그때는 박정화한테 어설프게 당하지 않고 제대로 보고 정확히 판단할 거다. 내 마음속에는 똑똑한 그린 망치가 있는데 뭐가 겁난단 말인가.

윤호는 옆에서 엉뚱한 소리를 계속 하고 있었다.

"나, 참 걸걸한 보이스가 어디 있다는 건데. 네 주머니에 숨겨놨냐? 아님 네 폰 속에 있는 거야?"

그러면서 어떻게든 내 휴대폰을 빼앗으려고 가방을 끌어당겼다. 〈걸걸한 보이스〉는 핑계고 제 전화번호를 지웠는지 아닌지 확인하려는 게 분명했으므로 나는 가방을 빼앗기지 않기 위해 재빨리 교회를 빠져나가 모르는 사람들 속으로 숨어버렸다. 그랬더니 마음이 편하고 가벼워졌다.

작가의 말

이 년 전쯤 '에피소드 제조법'이라는 구절을 떠올린 것이 이 소설에 대한 직접적인 씨앗이었던 것 같다. 그 뒤로 이런저런 사정에 의해 도무지 쓸 기회를 잡지 못하다가 올 초에 큰맘 먹고 보따리를 싸서 지방으로 내려가 집필에 착수했다.

당시의 집필 환경이 아주 좋지는 않았던 것 같다. 나로서는 집을 떠나 써보는 것이 처음 있는 일이기도 했다. 게다가 '에피소드 제조법'이라는 구절 하나만 달랑 생각해둔 상태였을 뿐 아무런 준비가 되어 있지 않았다.

하지만 일단 첫 문장을 시작하고 나자 세상 모든 사람들이 힘을 합쳐 나를 돕는 것 같다는 착각이 들 정도로 필요한 정보들이 툭툭 날아와 내 컴퓨터 안에 저장되었다. 이를테면 나도 모르게 컴퓨터 커서가 "교회에서 베프가 된 인애였다."라는 문장을 쳤고, 교회에 관해 아무것도 몰랐던 탓에 기독교 신자인 친구에게 전화를 걸어 "너는 지금 하느님과 관련해 무엇을 고민하고 있는데?" 물었더니 그 친구가 "하느님 말씀은 일점일획도 오류가 없다는 것."이라고 거창하게 대답했던 것이다. 그러면서 성경 말씀의 번역과 변형이 자신의 사유에 미친 영향에 관해 몇 마디를 덧붙였다. 문제는 원래 좀 뒤퉁스럽던 내가 친구의 말을 "일점일도 오류가 없다고?"라는 식으로 받아쳤다는 것이다. 우리는 한참 웃고 나서 전화를 끊었다. 그리고 이 에피소드는 그대로 소설 속으로 도입되었다.

일점일이라는 유머코드를 에너지로 삼아 열심히 쓰다가 글의 흐름이 막혔을 때였다. 내가 묵고 있던 숙소의 스텝 중 한 분이 능구렁이를 먹여 키운, 한 알에 백만 원 하는 달걀에 관해 이야기해주었다. 그런데 이 달걀에 대한 태도와 생각이 사람마다 다 다르다는 것이 무척 흥미로웠다. 이 에피소드에 대한 논쟁 역시 자연스럽게 소설 속으로 초대되었다.

그뿐이 아니었다.

단편소설 작업을 병행하느라 '걸girl한 boys'를 다 완성하지 못하고 서울로 돌아왔을 때 교회에 처음 간 시골 할머니가 목사님 앞에서 '관심보살'이라고 기도하는 유머 동영상이 카톡으로 도착했다. 마치 내가 그런 게 필요하다며 주문이라도 한 것처럼 말이다.

마지막으로 퇴고를 진행하면서 서울시립미술관에 갔다가 '그린 망치'라는 영감을 얻어왔다.

이 소설을 쓰면서 내가 한 역할은 '일점일'과 '관심보살'이 내가 쓰려고 하는 주제에 꼭 필요한 포인트라는 것을 알아본 것 정도랄까. 부품은 모두 남들이 주고 나는 그냥 조립만 한 것 같을 때가 있었다. 이 소설에 관한 한 나는 매우 운이 좋았다.

나는 동일한 장소에서 같은 것을 바라보면서 사진 찍는 것을 좋아한다. 내 프레임 안에 들어온 장면은 한순간도 같은 적이 없었다. 내가 쓰는 소설도, 내가 사는 인생도 그런 식이라는 생각을 자주 한다. 패턴으로 향하는 원본들을 변형하고 비틀고 쪼개고 갈아엎는 것. 세상에 이보다 재미있는 일이 있을까.

지금 이 순간 내가 설치한 프레임 안에는 뭐가 들어와 있을까.

그것이 궁금해서 예술가들은 소설을 쓰고, 그림을 그리고, 영화를 만든다. 나도 그렇다.

우리 모두 오늘 하루만이라도 상투적인 것들에 무릎 꿇는 일이 없었으면 좋겠다.

2016년 10월, 원주 토지문화관에서

남상순 드림